“Je reclame la liberté a grands cris”

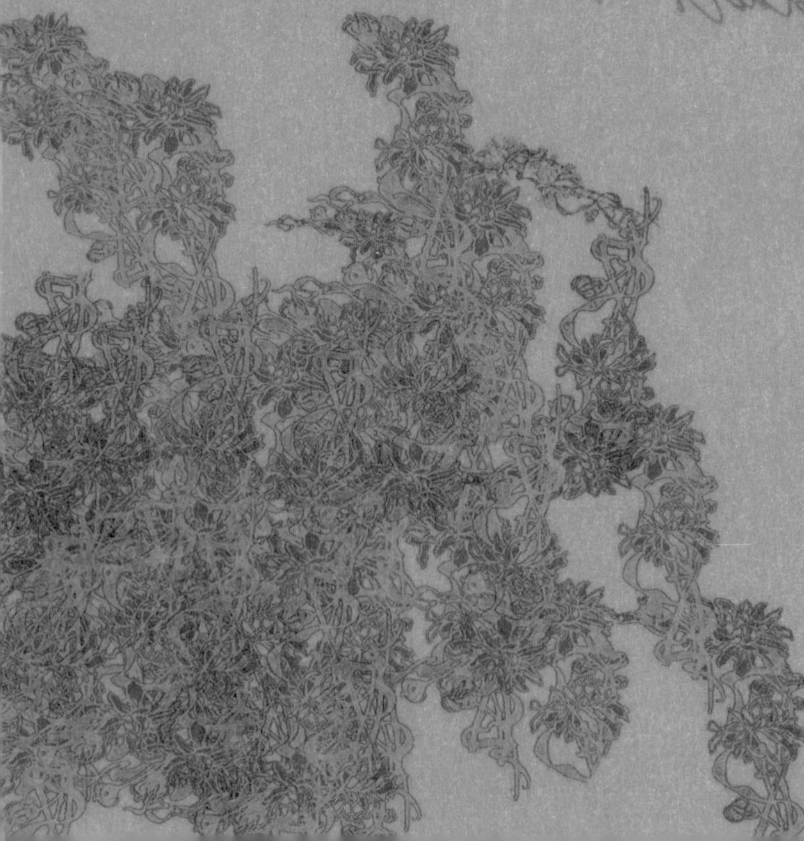

André Castelli

Camille, l'abandonnée

Illustrations
Carine Mériaux

Nü maison d'édition

29 c, route de Morières
84 000 Avignon

Et nous reconnûmes la voix, comme la femme qui entend l'homme crier. Et nous criâmes aussi et nous nous précipitâmes en avant.

Paul Claudel, *Tête d'Or*

Note des éditrices

Camille Claudel, artiste de génie, sculptrice, dessinatrice mais aussi femme de caractère, a longtemps été dans l'ombre de Rodin. L'histoire retient essentiellement qu'elle a été sa maitresse et sa muse mais oublie trop facilement qu'elle a également été sa praticienne la plus talentueuse, avant d'ouvrir son propre atelier.

Les œuvres majeures qu'elle a laissées, *La Valse*, *L'Implorante*, *La Vague*, *Paul à seize ans* ou encore *La Petite châtelaine*, ont mis beaucoup de temps à s'imposer dans l'histoire de l'art. Son parcours artistique a fait l'objet de nombreux livres, documentaires et films. L'objet de cet essai n'est pas de reconstituer ses brillantes années d'artiste statuaire mais de révéler la dernière partie de sa vie, beaucoup plus sombre et moins connue, à savoir son enfermement voulu par sa famille, sa mère en tête, à l'asile de Montdevergues-les-roses, aujourd'hui hôpital de Montfavet dans le Vaucluse.

Pendant les trente années d'internement de Camille Claudel, les asiles d'aliénés sont régis par la loi du

30 juin 1838, dite « loi des aliénés » ou « loi Esquirol ». Sous la responsabilité de chaque conseil général, elle rend obligatoire la construction d'établissements spécialisés dans la prise en charge des malades mentaux. Elle met en place deux modalités d'hospitalisation, l'une à la demande du préfet appelée « le placement d'office » et l'autre à la demande d'un tiers, essentiellement la famille, « le placement volontaire ». Dans les deux cas, un certificat médical doit confirmer la demande de placement en constatant l'état mental de la personne à placer.

Dans le même temps, les conditions d'hébergement sont réparties en cinq catégories de prestations différentes allant du dortoir à la chambre seule en passant par la qualité de la nourriture selon le prix payé par les familles.

Ainsi, en 1920, dans le département du Vaucluse, le régime commun ou 4e classe coûte 5 francs par jour, la 3e classe monte à 7 francs avec le raccommodage et le blanchissage du trousseau, la 2e classe est quant à elle de 9 francs avec les mêmes avantages, la 1re classe s'élève à 12 francs et enfin la classe exceptionnelle culmine à 20 francs par jour donnant droit en plus à un salon et à un domestique particulier. Pour cette dernière catégorie, cela représente un coût de 600 francs par mois sachant que le salaire mensuel moyen d'un ouvrier est de 480 francs pour 10 heures de travail journalier six jours sur sept.

Pour ce qui concerne Camille Claudel, à la lecture de certains documents, il s'avère qu'elle aurait été internée en 1re classe de 1914 à 1920, en 2e classe de 1921 à 1927 et enfin en 3e classe de 1927 à 1943.
Sauf que, vers 1920, madame Claudel demande une baisse du prix de la 2e classe dans un courrier adressé au directeur de l'asile de Montdevergues.

Vers 1926, Camille parle du quotidien de la 1re classe, notamment de la nourriture, de façon très réaliste dans une lettre à sa mère et à son frère. Elle évoque même le coût de 20 francs par jour. Il est donc très difficile de savoir exactement à quelles dates Camille se trouvait dans l'une ou l'autre classe.

En décidant de publier cet essai, relatant l'internement arbitraire à Montdevergues de Camille Claudel, les éditrices tiennent à rendre hommage à toutes les femmes enfermées de force dans des asiles en un temps où les lois étaient faites par des hommes pour les hommes.

Cette littérature s'inscrit en plein dans la ligne éditoriale de Nü maison d'édition pour laquelle le respect des droits des femmes sonne comme une évidence.

Avertissement

De très nombreux faits qui jalonnent ce récit sont réels. Ils ont été puisés parmi les nombreux écrits que l'on retrouve dans ces lieux à la mémoire inépuisable que sont les archives : les archives hospitalières des centres hospitaliers de Montfavet et de Ville-Évrard, les archives départementales du Vaucluse, les archives municipales d'Avignon, les Archives nationales, le fonds d'archives de la SNCF et enfin le fonds numérique de la Bibliothèque nationale de France.

Ce récit est aussi alimenté par diverses œuvres littéraires et autres mémoires universitaires. Ils nous apportent des témoignages du réel, construisant ainsi un essai littéraire. Enfin, des textes, des dialogues, des moments qui, pour autant se réfèrent à une réalité, sont énoncés selon un processus d'imagination fictionnelle, parfois théâtrale, entrainant cet essai vers les mystères du roman.

Dans ce navire qui découvre ma terre, attachée à l'arbre de ma volonté,

Je vole d'amour.

Abandonnée je suis dans la lumière qui éteint la danse de ma détresse.

Immobile sur le cratère de mon espoir,

Je suis accroupie comme une implorante.

André C.

Ô femme, tu l'as découverte, cette place que tu ne pouvais en moi atteindre que les yeux fermés !
La voilà donc au fond de moi, cette blessure
que tu ne pouvais me faire
que les yeux fermés !
Paul Claudel, *Le Soulier de satin*

Prologue

Une jeune fille s'active dans le jardin de la maison familiale. Elle est entourée de sa sœur cadette et de son jeune frère. Ils sont aux ordres de cette sœur ainée qui n'a d'autres pensées que celles qui pétrissent sa voie d'adolescente. Le trio est joyeux. Une joie tout autant motivée qu'organisée. Camille occupe la place centrale, celle de l'autorité dans la conduite de ses projets. Elle est portée par un engagement impératif : celui de prendre place dans ce qui est devenu pour elle un besoin irrépressible, non ordinaire, celui de plonger ses mains dans la glaise, dans l'argile, de modeler, creuser, former, donner naissance.

Donner naissance, en miroir de ce frère, né dix-huit mois avant elle mais qui n'aura vécu que quinze jours.

Lorsqu'elle est née, sa mère dira que c'est un garçon qu'elle désirait de nouveau.

En plongeant ses mains dans la terre, Camille Claudel construit son avenir. Elle accueille avec sensibilité et empathie le soutien de son père. Dans ce recours à la terre, elle ne sait pas qu'elle est aussi à la croisée de chemins incertains dans une forêt généalogique dont elle est l'héritière. L'héritage est fait des ramifications de deux familles qui se sont déployées dans des évènements de douleurs identiques, marqués de non-dits. Son prénom épicène acte cet héritage.

Ainsi Camille Claudel construit son autorité dans une sphère familiale qu'elle va emporter dans les rues parisiennes, sur les conseils de son professeur. Elle passe, avec fulgurance et détermination, du don artistique au génie créateur et novateur. Rapidement, de nombreux experts-connaisseurs vont signaler cette présence inhabituelle, parfois gênante même. Elle va connaitre également la mise à l'écart dans la mondanité masculine de la pratique de la sculpture. Camille Claudel s'affirme comme une femme sculptrice hors norme conceptualisant ses œuvres dans la pratique ordinaire de l'écriture et du dessin.

Elle s'affirme dans la maturité de sa vie de femme amoureuse de son maître, éperdument attachée, tout en conservant les fondements de son génie. Durant quinze années, les relations d'amour sculpteront des œuvres immenses, sensibles, expressives, faisant de Camille Claudel une artiste à part. Son frère, Paul, est un spectateur attentif de cette évolution. Il sait qu'elle est est devenue la maîtresse de Rodin, celui qui ne deviendra jamais son égal, pas plus que son mari.

Arrive le temps de l'affrontement. Rien n'est plus terrible, traumatisant, pour Camille Claudel que de ne plus saisir et sentir les possibles soutiens de son camp et de son entourage. Elle va alors s'isoler, s'écarter jusqu'à s'enfermer dans un atelier où son travail s'engage dans la déviance du monde qui l'entoure. Durant ces quelques années du début du XXe siècle, elle s'abîme la santé et s'abîme dans ses rapports à la société. S'ouvre alors la route de l'abandon. Une route qui va la conduire vers un univers où l'horizon est fait de murs infranchissables. Des murs qui enserrent un décor aux multiples architectures.

C'est ainsi que nous marchons, dans ce décor, sur les traces d'un passé toujours présent. Sans cesse nous croisons Camille Claudel et sa famille. Paul Claudel marche avec nous, il a une place toute particulière dans la vie de sa sœur, lui qui a emprunté tant de routes du monde. L'œuvre théâtrale et romanesque de ce diplomate écrivain apparaît comme un guide fait des pages réelles de sa vie. Une vie qui sera jalonnée sans cesse par la présence de celle qui l'aura marqué à tout jamais. La construction de son œuvre gigantesque fait apparaître, non seulement la maîtrise de la théâtralisation des faits, mais également l'affirmation de conceptions religieuses profondes ou encore des théories de la pureté suprême apparaissant avec des mots venus du profond de l'âme. Ainsi vont se bâtir ses rapports à la société et au monde, placés en parallèle de ses rapports à sa famille, ses évolutions et la relation avec sa sœur Camille tout particulièrement. C'est un jeu de miroirs où se reflètent tant de visages des générations de cette famille claudélienne bien particulière. Nous allons avoir la confirmation que la fiction n'est jamais bien loin de la réalité et que l'aliénation est avant tout le prétexte d'un pouvoir que s'attribuent ceux qui redoutent la folie.

Dans le décor du théâtre de leur vie, mère, frère et sœurs vont être actrices et acteur d'un drame : celui de l'abandon d'une femme de génie. Cet essai est fondé sur des débats qui ont bien eu lieu, dans des espaces bien réels que les années ont certes profondément modifiés. L'asile, ses espaces de travail et d'enfermement, sa salle de réunion des commissions, au même titre que l'enceinte du conseil général, en forment le décor. Ce sera dans ce réel imaginaire que l'histoire nous invite à suivre Camille sous les avertissements de Paul Claudel, *« le pire n'est pas toujours sûr.*[1] *»*

Mais ce pire qui n'est pas sûr, n'est-ce pas cette vague qui a écorché la vie bien réelle de Camille Claudel ?

Il est devenu essentiel de ne pas laisser dans l'oubli la réalité de cette troisième déferlante en levant

[1] Paul Claudel, *Le Soulier de satin*.

le rideau et en tapant fortement le sol avec la canne de l'annoncier. Tout est en place pour terminer l'histoire dans toute sa complexité, donner des repères, des faits, apporter une atmosphère peu évoquée jusqu'alors. Le rythme sera celui des visites de Paul Claudel à sa sœur, venu le plus souvent seul, parfois avec des membres de sa famille. Douze visites en trente ans, toutes à Montdevergues parce qu'il n'est jamais venu la voir à Ville-Évrard. Douze visites dont la durée ne sera jamais plus que de quelques minutes. La mère de Camille a, elle, toujours refusé de la voir, ne manifestant que son impérieuse recommandation de destruction des lettres de Camille et de son maintien éloignée d'elle, de veiller et ordonner que seules les visites de son frère et de sa sœur ne soient autorisées. Camille, l'abandonnée, est dans un tourbillon familial rugissant, bien souvent dans la fureur des intérêts d'une troupe aux multiples dissonances et loin de la souffrance vécue parfois dans la terreur.

Camille Claudel est le personnage héroïque de ces trente dernières années. Elle arrive dans cette mer d'un autre monde. Les mouvements de cet océan de l'enfermement vont être rythmés par le temps du désespoir. Elle sera toujours une aliénée à part. Une *parisienne* isolée au milieu de cette atmosphère provinciale dont la vie antérieure est inaccessible à cette foule agitée qui est, pour elle, une agression. Elle sera pour toujours Camille, l'abandonnée.

La porte s’ouvre vers l’enfer

Il n'est pas de théâtre qui ne soit **liberté**.

Ces milliers de personnages sur cette terre de
mer qui crient
dans un **silence** aussi bruyant,
l'auteur de la pièce leur impose la loi que lui
seul a créée.

Il les rend témoins de ce qu'il ne dévoile pas,

ils ne seront pas les acteurs de la
conquête qui fait son **destin**.

André C.

Il est si rouge
cet olivier qui
s'éteint.
On l'appelle
l'azur cette terre
où je suis si bleue.
Ainsi rien n'est
plus dur que de
me voir si rose
comme ce ciel qui
m'accable !

Il est si rouge
et divin qui
retient.
On Lappelle
Lazur cette Terre
où je suis si Blanc.
Ainsi rien n'est
plus doux que de
me voir si sage
comme ce ciel qui
m'accable !

Texte : André Castelli.

Un désir rapace m'entraîne en avant
par ce lieu d'horreur !
Paul Claudel, *Tête d'Or*

I

Les obsèques de monsieur Louis-Prosper Claudel, père de Camille Claudel, prennent fin. Elle n'est pas présente. Elle a été informée de la mort de son père, survenue le 2 mars 1913, par un courrier que lui a adressé son cousin, la veille de son internement.

Elle n'est pas sortie de son atelier ces derniers jours. Un atelier devenu une mer furieuse où gronde un chaos destructeur. La porte va s'ouvrir pour l'enfer. Le 10 mars 1913, madame Claudel, deux infirmiers et un agent de police frappent au 19, quai Bourbon, à Paris. Camille Claudel va alors être emportée vers la troisième vague de sa vie. Sa mère est munie de son certificat de placement signé le 8 mars 1913 et du certificat médical indispensable.

Il est demandé au docteur Truelle, médecin-chef de la maison de santé de l'asile de Ville-Évrard, de consulter la nouvelle aliénée qui vient d'être internée.

— Bonjour Mademoiselle Claudel. Comment vous sentez-vous ?

Camille regarde avec une certaine agressivité son interlocuteur qu'elle ne connaît pas et élude cette question. Elle demande pourquoi elle a été enlevée et évacuée par la fenêtre de son appartement.

Le médecin-chef lui explique qu'elle a été internée conformément aux souhaits de sa famille et dans le respect des dispositions réglementaires de la loi du 30 juin 1838. Sa mère a préalablement signé une demande de placement volontaire, validée par un certificat médical.

Cela n'enlève rien au sentiment de la nouvelle séquestrée qui reste méfiante.

— Rien n'est vrai... je suis victime d'un enlèvement. Un enlèvement bien organisé, vous le savez. Demandez au docteur Michaux.

Elle ne sait pas que le certificat médical décrivant des troubles intellectuels très sérieux a été établi, à la demande de la famille, par ce même docteur Michaux.

Elle va faire l'objet d'une observation quasi quotidienne de son état physique, marqué par un amaigrissement permanent et un désintérêt du monde de fous qui l'entoure. Elle s'abandonne dans une attitude de déchéance physique presque totale.

Le médecin-chef essaie toutefois de comprendre l'évolution de son état de santé, constatant cet effondrement plus qu'étonnant. Il découvre sa vie d'artiste dans une société où la place d'une femme est loin d'être acquise de manière ordinaire. Une place soumise à la conquête d'un monde qui n'existe pas. Il découvre cette période de lumière emplie de création artistique. Il l'interroge sur sa perception du temps qui l'enferme aujourd'hui.

— Que désirez-vous exactement ?

— Monsieur le docteur, savez-vous ce que je désire ? Je désire être désirée… J'aurais tant aimée être désirée par ma mère, par exemple, voyez-vous.

Cette réponse inattendue est teintée d'une forte agressivité. Camille poursuit ce propos théâtral qui la libère.

— Je n'ai pas été désirée quand j'ai remplacé mon frère aine qui n'a vécu qu'une quinzaine de jours. Quand je suis née, ce n'est pas moi que ma mère attendait. Vous comprenez ? Je n'ai pas été désirée. C'est dans ce remplacement que j'ai dû me construire et trouver ma place.

Son interlocuteur est ainsi amené à faire une relation entre ce désarroi qu'il estime paranoïaque et l'énergie qu'elle a déployée pour se construire depuis son enfance. Le médecin-chef commence à appréhender le poids de la charge affective subie depuis près d'un demi-siècle par cette aliénée. Elle est porteuse d'un héritage transgénérationnel qui va bien plus loin que ce deuil du frère ainé que la mère n'a jamais fait.

— Mais vous avez vécu avec amour dans cette famille ?!

— Comment pouvez-vous dire cela ? Avec mon frère oui... avec mon père aussi.

Le docteur n'ose d'ailleurs pas lui demander si elle sait que son père est décédé.

— Ma mère ne m'a jamais accompagnée dans mon envie de bâtir mon avenir comme le souhaitait mon professeur. Je lui ai pourtant montré mon enthousiasme et ma détermination. Oui, docteur, sur les conseils de mon professeur que je n'aurais pas dû quitter, j'ai mis toutes mes énergies pour construire mon avenir. Comme un capitaine, j'ai embarqué ma famille sur le bateau qui nous a amené vers la terre de ma gloire.

Le docteur se remémore alors une discussion avec Madame Claudel qui ne portait sur sa fille que des regards froids, sans tendresse ni tristesse.

— Mais était-il possible que vous soyez ce capitaine ?

Par la suite, le médecin-chef poursuit régulièrement ses observations sur le comportement de cette malade calme et non expansive. Une malade qui prend de moins en moins soin d'elle, y compris sur le plan alimentaire.

En ce mois de juin 1914, un peu plus d'un an après son internement, Camille Claudel a perdu vingt-six kilos.

Dans la chaleur accablante de midi au milieu d'un océan sans vague, chacun apprécie sa boisson. La Terre est en approche, pour la plus grande joie d'un amant aventurier qui voit dans cette nouvelle contrée, le pays de tous les possibles.

Paul Claudel, *Partage de midi*

II

Courant juillet, le directeur de l'asile de Ville-Évrard se rend à la préfecture de la Seine à la demande du préfet. Ce dernier le reçoit debout et visiblement inquiet. Il l'informe de l'imminence d'une guerre, suite à l'assassinat de l'archiduc François-Ferdinand à Sarajevo, le 28 juin 1914.

Face à ce directeur stupéfait, le représentant de l'État apporte des précisions. Les troupes allemandes semblent prêtes pour la guerre et le risque d'envahissement est grand. En conséquence, le gouvernement demande de prévoir des lieux susceptibles d'être mis à disposition pour accueillir les blessés et les morts ; les hôpitaux sont ainsi les premiers concernés.

— Monsieur le préfet, mon établissement héberge environ mille cinq cents malades et tout accueil supplémentaire parait impossible.

— Vous avez raison et il faut donc procéder à l'évacuation de tous vos malades en direction du sud de la France. Un plan a été élaboré. Dans un premier temps, ils seront emmenés à Enghien d'où le départ se fera en train. Je vous demande de mettre les médecins à contribution pour cette opération de grande envergure ainsi que pour finaliser les conditions du transfert et la répartition des malades.

La rencontre prend fin. Le directeur comprend que l'heure est grave et que cette décision est sans appel.

Sans plus attendre, dès son retour à l'asile, il réunit les médecins-chefs pour les informer de la directive du préfet. Il les invite à travailler immédiatement à sa mise en œuvre.

Arguant du statut particulier des malades dont il a la charge, le médecin-chef de la maison de santé se permet de prendre la parole.

— Monsieur le directeur, vous savez que nos pensionnaires ne peuvent pas être transférés dans un asile ordinaire du fait qu'ils paient leur hospitalisation et qu'ils bénéficient donc de conditions que n'ont pas les autres : l'hébergement, le nombre de repas, la qualité de l'alimentation, le confort des installations selon leur statut de première, deuxième ou troisième classe. Où allons-nous les placer ?

— J'ai bien pensé à cela. Il y a une maison de santé dans l'asile de Montdevergues situé dans le Vaucluse, non loin d'Avignon. Il nous faut rapidement prendre contact et connaitre le nombre de places disponibles.

— Nous avons déjà procédé à quelques transfèrements d'aliénés en train mais jamais autant en même temps ni de façon urgente, c'est ce qui m'inquiète le plus. D'ailleurs, cela ne concerne pas que la maison de santé. Comment mettre toute cette foule de malades dans ces trains ? Ce sera un cortège dont la gestion nous sera très difficile.

— J'en suis tout à fait conscient mais l'ordre du préfet nous oblige à nous y préparer et à présenter des propositions à la prochaine séance du conseil de surveillance.

En cette fin juillet, le silence envahit la salle du conseil. Le médecin-chef de la maison de santé doit présenter le lieu susceptible d'accueillir les pensionnaires. Il dispose ses notes devant lui. Il sait qu'il doit tenir un discours empreint de solennité pour assurer son argumentation et la rendre convaincante.

— Messieurs et chers confrères, comme pour tous les asiles, vous le savez, tout commence avec la « Loi sur les aliénés » qui fait entrer la folie dans la modernité des sciences humaines de notre pays. Pour ce qui est de Montdevergues-les-Roses, les conditions d'application de la loi ont été facilitées, bien avant d'autres lieux et bien d'autres départements, par l'existence d'une Maison royale de santé qui jusque-là était installée à Avignon. Le 15 novembre 1843, un arrêté est pris pour installer un service sur la colline de Montfavet appelée Montdevergues. Cet arrêté est approuvé par le préfet le 24 janvier 1844. Le service a reçu les premiers aliénés dès le début de l'année 1844, ce qui est tout à fait précurseur.

Il donne alors diverses informations qui lui paraissent de nature à rassurer les membres administratifs, politiques et médicaux du conseil, tout en gardant la mesure de la gravité du moment. Il rappelle à son auditoire quelques notions de base qui fondent les asiles modernes. Il évoque les murs imposants et infranchissables qui font de ces asiles des lieux d'enfermement aussi bien pour les folles et les fous que pour celles et ceux chargés de les surveiller. La folie ne sera jamais traitée autrement que par l'isolement, aussi ces enceintes sont conçues pour durer.

Le médecin-chef termine son propos. Il demande à la commission de voter la décision de transfert qui accompagne le rapport du directeur.

Le 3 août 1914, la guerre est déclarée.

Cette vague,
voici bientôt la dernière pour m'emporter.
Paul Claudel, *Le Soulier de satin*

III

Camille Claudel est partagée entre l'incompréhension de sa situation et le sentiment d'injustice qui l'obsède. Elle forge l'espoir que ce temps va prendre fin et songe au retour à une vie plus ordinaire. Mais l'annonce d'un départ prochain pour le sud de la France plonge l'asile dans l'agitation et l'incrédulité. Elle se laisse emporter par cette effervescence. Toutes les dispositions sont prises. Les lieux d'accueil sont rapidement assignés. Le départ est immédiat et conjoint à celui de l'asile de Maison Blanche.

Le convoi des véhicules hippomobiles arrive en gare d'Enghien. Les mille quatre cent cinquante-neuf malades de Ville-Évrard sont répartis entre dix établissements du centre et du sud de la France.

Quatre-vingt-neuf hommes et cent seize femmes, dont Camille Claudel, sont inscrits pour la maison de santé de Montdevergues-les-roses guidés par le médecin-chef, un interne et cinquante-trois infirmiers. La tension est palpable.

Les pouvoirs publics s'inquiètent, cherchant à limiter les zones de contact entre les aliénés, les autres voyageurs et les familles qui désirent assister au départ de leurs proches. La famille Claudel n'est pas là. Le public assiste à ces mouvements avec stupéfaction et angoisse. Un dispositif de sécurité a été mis en place par la Compagnie des chemins de fer et la police du préfet de la Seine.

Le 5 septembre, cette immense troupe est enfermée dans des voitures de seconde classe, les hommes d'un côté, les femmes de l'autre. Les compartiments sont comparables à des cellules, sans toilettes, avec les portes verrouillées.

Deux trains ont été affrétés pour le grand Sud. Le premier, programmé pour Marseille, Aix-en-Provence et Pierrefeu, comprend au total cinq cent soixante-dix-sept malades accompagnés de trente-huit infirmières, dix infirmiers, un médecin, un interne et un pharmacien. Le voyage est long. Deux jours et demi sans éclairage, avec une dotation alimentaire restreinte. L'arrivée à Marseille a lieu le 8 septembre à 22 heures et la répartition en direction des différents établissements est faite en gare. Deux cent quarante-sept malades hommes sont affectés à l'asile de Marseille, cent quarante-sept sont dirigés vers Aix-en-Provence et cent trente-huit femmes sont assignées, quant à elles, à l'asile de Pierrefeu.

Le second train, dans lequel se trouve Camille Claudel, part le 5 septembre à 6 heures. Il desservira la gare de Montfavet. Il bénéficie de wagons un peu plus confortables du fait de la prise en charge financière des familles. Mais le voyage se fait malgré tout dans l'urgence, sous pression et dans des conditions précaires et surtout très bruyantes. C'est l'agitation la plus totale dans ces wagons qui roulent dans un bruit infernal et totalement méconnu. Une situation horriblement inhabituelle pour tout ce monde déraciné sans savoir ni pourquoi, ni pour où. Plus qu'en temps ordinaire les cris expriment le langage de l'inconnu. La peur se rajoute à l'angoisse, les tensions provoquent des interpellations entre délires habituels et folies inattendues. La vitesse de déplacement augmente cette souffrance que rien pour l'instant ne peut apaiser.

Camille, attachée auprès de la fenêtre, voit défiler des paysages totalement étrangers.

Le train arrive en gare de Montfavet le 6 septembre 1914 à minuit. Une partie des voyageurs est transportée en voitures cellulaires jusqu'à l'asile par des religieuses et gardiens. Mais il est tard. Camille et les autres passagers attendront dans les wagons jusqu'à 6 heures du matin.

Le jour se lève, Camille est installée dans l'une des voitures hippomobiles. Avant de dépasser le pont de la voie ferrée, son attention est attirée par des mouvements autour d'un grand portail ouvrant sur un château. C'est l'entrée de l'usine Pernod. Elle ne sait pas qu'ici on produit de l'absinthe, spiritueux au cœur d'une grande polémique à cause de ses méfaits[2].

En ce début de matinée, le convoi longe de hauts murs épais pour arriver aux portes de l'asile. Une fois le portail franchi, les véhicules s'engagent sur une voie montante, bordée de plantations bien entretenues. Ils marquent un léger ralentissement à la vue de deux grandes maisons qui symbolisent le mode de gouvernance de l'asile. Sur la gauche, la maison du directeur et sur la droite, celle du médecin-chef. Les deux sont identiques dans leur autorité. Puis, le passage dans la cour d'honneur débouche sur une chapelle imposante, grandiose et centrale, fichée sur une butte, invitant au recueillement devant l'immensité du lieu. Enfin, le grand pensionnat des femmes se dévoile. Il surplombe la chapelle au pied de la colline naissante. Le bâtiment impressionne par son architecture en parfait miroir avec le pensionnat des hommes. La chapelle est l'axe central d'une organisation en hémicycle de l'ensemble de l'asile : à l'Est les femmes, à l'Ouest les hommes.

[2] Cette activité, interdite en mars 1915, sera remplacée par la fabrication du premier pastis commercialisé en France sous la marque « Anis Pernod », par la société Pernod père et fils.

Camille Claudel est très perturbée. Les servantes de Ville-Évrard le sont tout autant, s'apercevant qu'elles vont être logées dans le dortoir avec les malades. Camille essaie sans relâche de savoir ce qu'il se passe depuis deux jours. Son esprit est saturé de questions.

— Pourquoi ce voyage ? Où sommes-nous ? Qui peut me dire pourquoi je suis ici ? Comment se fait-il que ni ma mère ni mon frère ne soient là ?

L'ensemble des évacuées de Ville-Évrard, comme on les nomme déjà, arrive dans la grande cour du bâtiment. Camille est affectée au grand pensionnat, en première classe.

— Mais pourquoi suis-je ici ? C'est sûrement une erreur ! Il faut me ramener à Villeneuve[3] voyons ! Je vous le dis ! c'est une erreur. Je n'ai rien à faire ici.

Les religieuses du grand pensionnat accueillent les nouvelles arrivantes, désorientées. Très vite, les gardiennes et les servantes s'affairent à désigner les chambres et à attribuer les lits ou les places dans le réfectoire sous les regards étonnés et anxieux des résidentes.

Le docteur Truelle, médecin-chef de Ville-Évrard, assiste à ces installations, inquiet. Il le reconnait, le voyage a été long et pénible jusqu'ici. Quarante-deux heures ! Et il constate que cet établissement n'est

[3] Villeneuve-sur-Fère dans l'Aisne, la ville de son enfance.

nullement aménagé pour accueillir des malades d'une telle catégorie.

À la tombée du jour, le médecin-chef de l'asile de Montdevergues parcourt les certificats de ces évacuées. Les noms se succèdent, se confondent. Celui de Camille Claudel, artiste statuaire, apparait. Elle est inscrite au registre des entrées à la date du 7 septembre 1914. Il s'arrête sur le diagnostic qui accompagne le placement volontaire :

« Est atteinte de délire systématisé de persécution basé principalement sur des interprétations et des imaginations fausses. À maintenir. »

À la conquête de l'oubli

Coupable innocence de ma vie,

quelle est cette montagne à l'écho de

tempête ?

Une route sans chemin est tracée.

Elle serpente dans la plaine de

l'ailleurs.

Dans la fermeture du génie s'ouvre la vallée

à l'aurore du romain envolé.

André C.

tu vois que ce n'est
plus du tout du Rodin,
et c'est travaillé
je vais faire des petites
terres cuites
Dépêche toi de revenir
pour voir tout ça.

Illustration : © Carine Mériaux, 2022 ; d'après *L'Implorante* de Camille Claudel, 1894-1905.
Texte : Camille Claudel, extrait de lettre.

Dans ce moment où la passion
des amants est survoltée voilà que la tempête se lève.
Elle est entièrement soumise à l'attraction
pour le mal et pour la mort.
C'est l'acte où se mêlent l'érotisme et le macabre, avec la
concrétisation du duo romantique
et la conspiration de la mort de celui qui se noie.
Paul Claudel, *Le Partage de midi*

IV

Suite à l'arrivée des évacuées, la première réunion du conseil de surveillance de l'asile de Montdevergues se tient le 4 octobre 1914. À cette occasion, le médecin-chef de la maison de santé de Ville-Évrard s'étonne.

— Cet établissement n'est nullement aménagé pour accueillir les pensionnaires de catégorie supérieure. Les malades de Ville-Évrard n'ont pas trouvé, à Montdevergues, le grand confort auquel ils étaient habitués dans les luxueux pensionnats de notre asile.

— Il est certain que nos modestes pensionnats n'ont pu les recevoir toutes et tous. Soixante femmes ont été installées, faute de place ailleurs, au rez-de-chaussée de la première section et la salle des fêtes a été transformée en infirmerie provisoire à l'usage de nos nouvelles pensionnaires.

Camille Claudel est dans ce groupe.

— Il a fallu dédoubler un grand nombre de lits et installer des sommiers sur des supports en bois confectionnés dans nos ateliers.

Cette arrivée en nombre suscite de vives réactions. Les réunions se succèdent pour contrôler au mieux cette situation inédite et définir les conditions de prise en charge médicale, financière et quotidienne.

— Cela est tout de même, et pour le moins, assez inattendu !

— Pour ce qui concerne la direction financière, nous en sommes très satisfaits. Cela au regard du régime dont ces nouveaux arrivants sont dotés, ce qui permettra la facturation de la classe pensionnaire. Nous avons entamé des négociations avec le directeur de Ville-Évrard concernant le prix de journée et des modifications ont été apportées sur les registres des budgets.

Le président de la commission de surveillance tempère cet enthousiasme.

— Je vous demande de ne pas exagérer l'importance du boni réalisé car, étant donné le relèvement continu du prix des fournitures, il n'est pas impossible que les bénéfices de cette année soient absorbés par les charges supplémentaires pressenties pour l'année à venir.

Une scission se dessine entre le personnel administratif et médical. Les premiers voient dans cette conjoncture des moyens financiers additionnels, les seconds déplorent déjà le manque de place et de personnel.

La mobilisation, déclarée dès les premiers jours de la guerre, impacte l'organisation de l'établissement. En cette fin d'année 1914, le nombre de mobilisés s'élève à vingt-trois infirmiers sur un effectif de cinquante-huit, vingt agents des services généraux sur un effectif de cinquante-deux auxquels s'ajoutent dans les services administratifs quatre commis d'écriture sur un effectif de six. Un recrutement ponctuel d'auxiliaires est engagé mais ne comble que partiellement les manques.

— Monsieur l'économe se fait assister de quelques malades conscients pour effectuer des tâches nécessaires au bon fonctionnement.

— Oui, un grand nombre d'agents et d'employés ont été appelés sous les drapeaux. Pour affronter cela, il a fallu faire appel à la bonne volonté des reposants valides, des ouvriers et préposés non mobilisés, des religieuses et des infirmiers pour les soins à donner aux malades hommes privés de leurs gardiens.

— Certes, mais ce personnel s'est acquitté de ses nouvelles obligations avec un dévouement digne des plus grands éloges et les malades n'ont pas eu à souffrir de l'inévitable crise de la première heure.

En décembre 1914, près de deux mille malades sont pris en charge dans l'asile et le médecin-chef de la maison de santé de Ville-Évrard est amené à assumer ses fonctions dans un environnement bien différent de celui qu'il connaissait, sans compter que les premières conséquences humaines de la guerre apparaissent. Vingt-sept militaires blessés au combat sont transférés de l'hôpital d'Avignon. Beaucoup sont atteints de confusion mentale ou d'excitation maniaque. Les registres d'entrée recensent entre autres quatre internés pour alcoolisme, deux pour surdi-mutité et trois sont atteints de manie, neurasthénie et paralysie générale. Quinze soldats sortent plus ou moins rapidement de l'asile et deux décès sont constatés. Un médecin souligne que *« dans cette même période, un internement de plus de seize femmes est à comparer à la période de 1913 ; un excès certainement dû à l'influence des évènements sur le système nerveux plus émotif de la femme. Beaucoup de mères et d'épouses n'ont pas pu supporter le choc de la séparation. »*

Tant de belles
choses
pour le Nord !
Autant verser
du vin
dans de la
biere !
Ce que j'aime,
moi,
je voudrais tout
garder.

Tant de belles
doses
pour le Nord !
Autant verser
du vin
dans de la
Bière !
Ce que j'aime.
moi,
je voudrais tant
garder.

Texte : Paul Claudel, *Le Soulier de satin*.

Tant de belles choses pour le Nord !
Autant verser du vin dans de la bière !
Ce que j'aime, moi, je voudrais tout garder.
Paul Claudel, *Le Soulier de satin*

V

La porte de l'enfer se referme pour toujours. La serrure est actionnée par une démarche conjointe de madame Claudel et de son fils Paul. Elle verrouille, en huit jours, l'enfermement de Camille à Montdevergues.

Le 3 février 1915, Paul Claudel fait connaitre, au directeur de l'asile de Ville-Évrard, son intention de laisser définitivement sa sœur en traitement à Montdevergues. Ce dernier lui répond le 5 février qu'il se conforme à ses intentions, rappelant que s'il s'agit là d'un désir exprimé par mademoiselle Claudel, il appartient à la famille d'intervenir auprès de son collègue vauclusien.

À la suite de cette précision administrative, madame Claudel poursuit la démarche. Le 10 février 1915, elle écrit au directeur de l'asile de Montdevergues pour le prier de bien vouloir inscrire sa fille, à titre définitif, sur les contrôles de l'établissement. La procédure est validée par un télégramme officiel, dûment enregistrée sous le numéro de matricule 6071 et certifiée par le commissaire de police le 17 février.

Camille est ainsi rayée des contrôles de Ville-Évrard à compter du 12 février 1915.

Tout a bien été orchestré. Qui peut croire que ce vœu soit celui de Camille ? Par leurs lettres, les directeurs montrent qu'ils se sont interrogés sur la légalité de cette démarche administrative. Quelques jours après la signature de cette attestation pour placement volontaire, madame Claudel écrit de nouveau au directeur pour préciser quelques consignes.

> *« Je désire recevoir de ses nouvelles de temps en temps, tous les 15 jours par exemple mais au moins tous les mois. Je tiens à ce qu'elle n'envoie aucune lettre à quiconque que ce soit, qu'elle n'en reçoive aucune, sauf les miennes ou celles de son frère Paul Claudel, et qu'elle soit très surveillée pour qu'elle ne puisse pas faire passer des lettres en cachette… Elle ne devra recevoir aucune visite sans mon autorisation. »*

Tranquillement assise dans un fauteuil, Camille réfléchit au contenu des lettres qu'elle envisage d'adresser à sa mère et à son frère. Elle gère la souffrance inhérente à cet internement par l'écriture permanente de billets. C'est une écriture empreinte d'une grande lucidité et d'un incommensurable sentiment d'injustice.

Une jeune servante entre précipitamment dans la salle où Camille est installée.

— Mesdames, mesdemoiselles, nous y sommes ! Le retour dans votre asile parisien est annoncé !

Les évacuées sont là depuis huit mois. Huit mois durant lesquels Camille n'a cessé de clamer son désir de retourner vivre auprès des siens.

L'établissement de Ville-Évrard peut de nouveau accueillir ses malades, suite au départ des troupes militaires installées jusqu'ici dans ses locaux. Le retour des pensionnaires hébergées à Montdevergues est primordial, ne serait-ce que pour des raisons financières.

Camille est à la fois heureuse et bouleversée. Elle est convaincue que ses demandes de retour, formulées sans cesse depuis un an, ont finalement été entendues.

— Quelle belle nouvelle ! Quel beau cadeau !

— Je vous l'avais dit que le retour se ferait, lui répond la servante. La mère supérieure nous a transmis cette information. Elle a précisé que ce retour à Ville-Évrard allait demander une organisation particulière pour que tout se passe dans les meilleures conditions possibles, pour les pensionnaires et le personnel.

Les discussions animent les couloirs, les réfectoires et les salons. Les services sont en ébullition. Le directeur met cet évènement à la Une du journal *l'Ami du malade* qu'il a fondé trois ans auparavant. Caricatures, poèmes, histoires romantiques ou de la vie quotidienne se succèdent chaque mois. Ce numéro spécial annonce le retour à Ville-Évrard dans une joie partagée.

Camille ne partira pas. Elle ignore que la direction est en possession de l'acte réglementaire tout autant qu'autoritaire qui entérine son non-retour.

Le moment d'euphorie n'efface pas les difficultés matérielles imposées par les contraintes budgétaires. Le grand pensionnat où loge Camille est relativement préservé des conditions de vie difficiles. Le chauffage manque cruellement dans de nombreux pavillons. Le manque d'hygiène est un véritable fléau. Camille et ses copensionnaires assistent souvent à des échanges angoissés entre les personnels préoccupés. Malgré tout, un espoir d'amélioration de cette situation alarmante s'esquisse grâce au projet d'installation du chauffage central et à la construction de cabinets d'aisance près des dortoirs afin de remplacer le système des baquets communs. Pour cela, il faut impérativement prendre des mesures financières. Le nouveau directeur a une idée pour le moins particulière. L'asile consomme deux cent quatre-vingt litres de vin par jour, au prix de quatre-vingts francs l'hectolitre. Il propose ainsi de remplacer la consommation de vin par de la bière, estimant pouvoir faire une économie quotidienne de cinquante francs. Une expérimentation est mise en œuvre dans certains quartiers. Les commentaires vont bon train. Les pensionnaires ignorent que cette décision, entérinée par la commission de surveillance, va être présentée au sein du conseil général. Elle va d'ailleurs alimenter un débat quelque peu mouvementé au cours de la séance du mois de juin 1915.

Un élu interpelle le préfet.

— Monsieur le préfet, à votre avis, pourquoi donne-t-on du vin dans toutes les maisons d'aliénés et non de la bière ?

Le préfet affiche son étonnement face à une question qu'il juge intérieurement saugrenue.

— Vous ne savez pas ? Voyons, c'est que le vin constitue un réconfortant pour les malades et que la bière leur est nuisible.

— Comment pouvez-vous affirmer une telle chose ?

— On a établi la statistique de la folie en soulignant sur des cartes géographiques, par des tâches noires, les régions où domine la folie furieuse et par des tâches rouges, les régions où la folie est plus douce. On remarque que la folie furieuse domine dans les régions où l'on boit l'alcool de céréales, alors que dans les pays où l'on consomme l'alcool de vin, la folie est plus douce, plutôt simplement maniaque. Par conséquent l'expérience est faite ; elle est concluante au point de vue de la statistique.

— Pouvez-vous préciser ?

— Des graphiques sont exposés dans les couloirs de certaines administrations, dans les bureaux du ministère, dans ceux de certains établissements de santé et même dans des écoles nationales.

Les membres de la commission sont dubitatifs. L'élu poursuit.

— Si vous étudiez un peu la physiologie, vous découvrirez que les effets de l'alcool de vin et de l'alcool de céréales ne sont pas les mêmes. Les effets du dernier sont plus nuisibles sur l'organisme humain.

— Monsieur, votre connaissance du sujet est remarquable !

— Tout à fait, monsieur le préfet ! Et vous nous demandez de faire des économies ? Des économies sur quoi ? Sur la santé des malades ? On n'économise pas sur la santé ! Lors de la dernière séance, nous avons voté des augmentations de crédit pour Montdevergues, considérant l'augmentation du prix du vin et aujourd'hui, vous venez nous parler de faire des économies en substituant au vin une boisson dont les matières premières sont insuffisamment produites en France !

— Quel est le rapport avec le sujet ?

— Mais voyons, où est la matière première qui sert à faire le vin ? Dans notre pays. Où est celle qui sert à la fabrication de la bière ? En Allemagne, en Autriche. La bière ne peut être faite sans houblon et ici nous n'avons pas de houblon.

— Sans doute mais il y a bien de la consommation de bière chez nous, que je sache !

— D'accord, mais pour les besoins de l'asile, vous ne pensez pas qu'on ira récolter du houblon dans nos provinces du Nord et de l'Est, envahies en ce moment par la race de brutes qui se saoule avec la bière ? Vous le remplacerez par quoi ? Par du buis ou quelques produits nocifs ?

L'élu annonce qu'il ne votera pas la proposition, porté par le sentiment que, fort probablement l'an prochain, le vin sera à un prix abordable.

Le préfet ne peut désavouer la décision de la commission de surveillance de l'asile et soutient l'idée que c'est pourtant une solution adaptée à la difficulté du moment. Le débat n'en reste pas là. Le conseiller général se lance alors dans une comparaison improbable.

— Vous vous souvenez que je me suis déjà opposé à d'autres expérimentations, comme celle de la pouponnière qui devait allaiter nos enfants. Je vous disais que c'était une expérience de mort. Une pouponnière ! Une erreur financière ! Une erreur morale ! Vous avez passé outre. L'essai dura trois mois, les poupons qui y furent envoyés sont morts ou ont été affaiblis dans ce lieu.

Le préfet est excédé et lui répond sèchement.

— Une fois de plus, je ne comprends pas votre position qui mélange tout. Du houblon à la pouponnière en passant par le vin, voilà qui n'est pas très simple à comprendre !

L'assistance se met à rire de manière sarcastique. Mais l'élu ne lâche pas.

— J'en conviens, aujourd'hui vous n'aurez pas de mort à déplorer mais vous jetez le discrédit sur l'établissement d'aliénés. On ne vous enverra plus de malades au motif du manque de vin. Au lieu de cet alcool éthylique qui réconforte, qui fait du bien, qui réjouit l'esprit et donne cette gaité qui est l'apanage de notre race, vous voulez donner à nos malades cet alcool de grains qui produit l'esprit lourd, cette barbarie furieuse dont les allemands nous ont donné tant d'exemples ?

— Vous exagérez dans cette description des méfaits que la bière pourrait produire sur nos aliénés et même sur notre population du département et celle de nos voisins.

— Mais non ! Pas du tout ! Les latins buvaient du vin, c'est pourquoi ils se montraient humains et chevaleresques, alors que les germains et les hordes du Nord, qui buvaient de la bière et des alcools de céréales, ont toujours été des barbares sans pitié, sans aucune délicatesse de sentiments.

Les deux élus qui siègent à la commission de surveillance de l'asile prennent la parole. L'un d'entre eux, s'étonne de cette allusion aux effets de la bière sur les allemands, tandis que l'autre presse l'assemblée de voter cette proposition de substitution. Mais le vote est impossible, l'intervenant aux propos incisifs insiste et va même jusqu' à la provocation.

— Je pense fermement que les deux élus siégeant à la commission de surveillance de l'asile ne présentent pas toutes les garanties d'indépendance !

Le ton monte dans l'assemblée. Le préfet rappelle qu'il n'y a pas que des élus dans la commission de surveillance de l'asile. Après un nouveau débat sur les pratiques alcooliques le vote a enfin lieu. La proposition est adoptée.

Un long chemin d'abandon

Je t'emporte dans mon passé pour l'**avenir** que
mon âme mérite.

Ton souffle brûle mon ambition tant
désirée.

Dieu a sacrifié mon espoir à la lumière des
portes de mes nuits noires.

Et tu resteras ainsi dans cette prison de santé.

Ainsi, je partirai envahi par l'étrange musique
de cette **vie** dans l'oubli.

André C.

Je jure que je ne veux point faire le mal,
c'est pourquoi je vous ai tout dit.
Paul Claudel, *Le Soulier de satin.*

VI

Loin de Villeneuve, Camille s'installe pourtant avec une certaine sérénité dans une démarche d'espoir, portée par l'annonce du retour à Ville-Évrard et la visite imminente de son frère.

Le 15 mai 1915, Paul Claudel franchit pour la première fois les portes de l'asile de Montdevergues et se rend immédiatement auprès du directeur. La rencontre se déroule dans une ambiance protocolaire conforme à ses fonctions diplomatiques. Après avoir été reçu par le médecin-chef, Paul est invité à se rendre auprès de sa sœur qu'il n'a plus vue depuis son internement.

Camille associe cette visite inespérée à la certitude de son futur rapprochement familial. Elle ne sait pas que son frère est en mission pour entériner la volonté écrite de sa mère de non-retour à Ville-Évrard.

Paul note dans son carnet.

« Camille a beaucoup maigri, elle est jaune avec l'œil brouillé. Mais elle est mieux moralement. Elle parle avec estime et sympathie des sœurs et des médecins. »

Ces quelques mots laconiques, bien qu'empreints d'empathie, servent finalement d'arguments pour l'abandonner en ces lieux.

Le retour pour Ville-Évrard est fixé au 30 juin 1915. Un recensement précis des aliénés, hommes et femmes, a été effectué. Le convoi, constitué de cent quatre-vingt-neuf malades et quarante-cinq agents, se fera de nouveau par train spécial. Le directeur informe les membres du conseil de surveillance que ce départ va malheureusement priver l'asile de revenus extraordinaires.

Mais tous les malades de Ville-Évrard ne partent pas. Huit pensionnaires restent en traitement dont cinq à la charge du département de la Seine et trois placés définitivement par leurs familles à Montdevergues. Camille Claudel fait partie de ces trois nouvelles internées.

Elle a cinquante et un ans.

Quand elle dit au revoir à quelques-unes de ses compagnes d'asiles, aux infirmières et servantes qui se mettent sur le chemin du retour, elle ne se doute pas qu'il s'agit de leurs derniers regards, de la fin de leurs partages asilaires. La fin de leur partage de folie.

En mars 1915, madame Claudel adresse un courrier très explicite à l'économe de l'asile, à tel point que le directeur, informé, demande à la mère supérieure quel est le sujet des affaires pénibles évoquées dans la lettre. Il s'agit d'une plainte concernant les courriers adressés par Camille à son cousin Charles Thierry, ce dernier ayant, suite à ceux-ci, saisi l'économe pour contester l'internement de sa cousine. Madame Claudel rappelle avec insistance que sa fille ne peut avoir aucune correspondance avec personne ni avoir aucune visite à part celle de son frère Paul ou d'elle-même. Elle cite même le règlement qui *« interdit aux pensionnaires tout rapport avec qui que ce soit sans l'autorisation des parents »*.

Elle demande des nouvelles de sa fille à la mère supérieure et, là encore, elle insiste avec fermeté sur ses ordres concernant l'interdiction formelle que les lettres écrites par Camille parviennent à leurs destinataires. Madame Claudel est dans une posture déterminée et impérieuse. Elle dénonce de nouveau le cousin de Camille, allant jusqu'à le traiter de *« voyou des plus infâmes »*. Tout au long de l'année 1915, les courriers adressés à la direction se succèdent. Les bonnes appréciations que madame Claudel perçoit sur la prise en charge de sa fille alternent avec ses injonctions d'interdire toute correspondance de façon quasi obsessionnelle.

Camille écrit beaucoup, ne sachant pas que ses lettres sont entassées dans son dossier. Elle demande à sa mère d'être transférée à l'hôpital Sainte-Anne à Paris, ce qui, étonnamment, la surprend. Madame Claudel confirme avec force qu'elle ne consentira jamais à un transfert vers la région parisienne. Cette détermination dans le maintien de l'enfermement de Camille à Montdevergues l'amène à écrire au directeur que sa fille *« ayant tous les vices »*, elle ne veut plus la revoir.

Camille décide d'écrire à son frère suite à sa visite. Elle nourrit l'espoir d'une reconnaissance qui effacerait son incompréhension. Elle ne sait pas que, depuis le mois de février, elle est devenue une aliénée, officiellement et définitivement internée à Montdevergues pour délire de persécution. Aussi, elle s'étonne de n'avoir aucune réponse aux courriers qu'elle envoie à sa mère et rappelle à Paul sa promesse de s'occuper d'elle et de ne pas l'abandonner.

Camille écrit et écrit encore. Elle utilise de plus en plus souvent le mot « abandon ». Elle reproche à son frère son manque de bienveillance. Ne pourrait-il pas, en tant que diplomate, mobiliser des moyens de gestion administrative et réglementaire aux fins d'un transfert rapide ?

Elle insiste.

« Toi et notre mère, vous serez punis pour cette apathie dans laquelle tous les deux vous vous complaisez et vous définissez, parce que cela vous conforte pour ne pas vous encombrer de moi dans votre vie. »

Camille perçoit son destin ombrageux.

Sa technicité dans la maîtrise du dessin lui donne cette lucidité. Elle trace et voit son avenir qui se prépare si rien ne bouge. Il ne fait aucun doute qu'elle présente une vraie déviance dans sa perception du réel. Elle comprend avoir été vouée à la gloire et aujourd'hui être entrainée dans le précipice possible que représente cet internement. Ses lettres montrent également qu'elle se structure mentalement et intègre son enfermement dans un processus de l'angoisse de l'incomprise. Une structuration légitime qui lui fait percevoir qu'elle est dans cette terrible réalité de l'abandon ordonnée par sa mère et acceptée par son frère. Son esprit est envahi par ces mots et elle se parle ouvertement dans la salle du pensionnat, prenant à témoin les malades qui l'entourent.

Camille est parfois dans ce que l'on nomme un délire. Mais un délire que l'atteinte à sa liberté alimente de manière perverse et donc de nature à construire une vision paranoïaque du déroulement de sa vie. Ses propos sont inaccessibles aux malades, servantes et religieuses. Elles ne connaissent rien de sa vie passée ni de son histoire. Son discours, semblant incohérent pour elles, alimente l'idée de sa folie.

Elle continue d'écrire, notamment à une ex-pensionnaire, mademoiselle Gésua, précisant que sa mère n'évoque jamais son transfert.

Dans un autre courrier, adressé celui-ci à Henriette Thierry, la femme de son cousin, Camille se montre perspicace. En effet, elle lui demande de ne parler à personne de leurs échanges et lui donne le nom et l'adresse d'une habitante de Villeneuve-lès-Avignon qui peut servir de *boite à lettres*. Elle lui réitère qu'elle a été enlevée de chez elle par la fenêtre et qu'elle est depuis lors surveillée, jour et nuit, comme une criminelle.

Dans le calme relatif du pensionnat, Camille se laisse parfois envahir par cette vague qui l'inonde de tant de souvenirs et de tous les moments exceptionnels des années passées. Elle se rappelle son petit atelier, ses quelques meubles, ses outils forgés de ses mains, persuadée qu'on lui reproche d'avoir vécue seule.

Personne autour d'elle ne peut comprendre que ces moments explosifs de création dans lesquels ses énergies étaient flamboyantes, c'était sa vie et non pas la folie. Elle évoque toujours son enlèvement et affirme qu'on lui a volé l'œuvre de sa vie pour la mettre en prison alors que ce sont *eux* qui méritaient ce châtiment. Là encore, les religieuses et les servantes lui font remarquer que ce discours n'est pas compréhensible et que son placement à l'asile est géré avec la plus grande attention, comme cela leur est demandé par la direction.

Déjà sept ans que Camille est enfermée.

Le meilleur parfois est certain.

Au son des clés dans les serrures de l'enfer
les portes s'ouvrent sur un monde sans
limites.

Baigné des larmes du crime d'amour.
Le saigneur doit être libéré

dans la vérité qui résonne au champ de la
barbarie.

André C.

Quoi, la confiance que j'ai mise en vous,
n'en êtes-vous pas touché?
Ne me forcez pas à avouer qu'il y a des choses
que je ne pouvais dire qu'à vous seul.
Paul Claudel, *Le Soulier de satin*

VII

En cette année 1920, cela fait déjà cinq ans que Paul n'a pas vu sa sœur. Sa visite est rapide mais il lui paraît toujours important de noter dans son journal les sensations que lui procurent ces moments. Des phrases isolées, succinctes.

« Camille est dans sa maison de fous d'Avignon. Maigre, toute grise, sans dents, ne mangeant que la nourriture qu'elle cuit elle-même. ».

Certes, Camille a beaucoup changé mais elle garde en elle cette nécessité épistolaire. Dans cette souffrance, devenue son quotidien, elle écrit au docteur Michaux.

« Je me dois de vous rappeler les faits et de vous faire part de mon sentiment d'avoir été incarcérée comme criminelle. Je vous le dis, je suis privée de liberté, privée de nourriture, de feu et des plus élémentaires commodités [...] *Je puis vous le dire : selon moi, ce sont ma mère et ma sœur qui ont donné l'ordre de cette séquestration. Je vous informe qu'aucune visite ne m'est autorisée conformément à leurs ordres. »*

Elle se met de plus en plus en retrait de la vie collective du pensionnat et, bien que fatiguée, n'en reste pas moins clairvoyante sur sa condition.

De son côté, madame Claudel a reçu le bulletin de santé de sa fille dans lequel le directeur, appuyé par le médecin-chef qui s'occupe d'elle, évoque l'idée de sa sortie au motif que ses idées de persécution ne se manifestent presque plus. Il est juste impensable pour la mère de Camille d'imaginer un seul instant lui rendre sa liberté. Elle se permet même d'indiquer au médecin, dans un nouveau courrier, qu'il y aurait grand danger à la faire sortir car *« elle reprendrait vite ses idées »*.

Ce dernier énonce pourtant dans son bulletin de suivi que sa mère pourrait la placer dans une maison de santé plus proche de sa famille. Il considère que l'absence de visite est très pénible à Camille. Il semble que ce médecin a compris le rapport conflictuel qui fonde une partie de son histoire. Il estime être de sa responsabilité et de son devoir d'imaginer une autre perspective que l'enfermement pour sa patiente. De façon inhabituelle, il la nomme par son prénom, ayant pris le temps de mieux la connaitre. Le médecin emploie les mots *« liberté »*, *« atténuation de la pathologie »* et *« rapprochement »*. C'est un discours singulier en ce lieu clos trop souvent empreint de rapports déshumanisés.

Mais cela ne fait absolument pas écho chez madame Claudel. Au contraire, elle demande une baisse du prix de la pension de sa fille, laquelle, dit-elle, ne profite pas de l'alimentation donnée aux malades de deuxième classe à cause de son délire de persécution.

Camille, elle, ne perd pas espoir mais se rend compte que son installation à Montdevergues est devenue durable. Elle écrit une nouvelle fois à sa mère.

> *« Me refuser un asile à Villeneuve. Je ne ferais pas de scandale comme tu le crois. Je serais trop heureuse de reprendre la vie ordinaire pour faire quoi que ce soit. Je n'oserais plus bouger tellement j'ai souffert. Tu me dis qu'il faudrait quelqu'un pour me servir? Comment cela? Je n'ai jamais eu de bonne dans ma vie, voyons! »*

Elle ne sait pas qu'elle ne reverra son frère une nouvelle fois que dans cinq ans. D'ailleurs, personne d'autre de la famille ne viendra la voir durant ces années à venir.

Cinq années durant lesquelles l'asile est en mouvement. Les trois médecins-chefs, l'économe et le receveur s'activent autour du directeur pour que la vie à l'intérieur de ces murs soit la plus agréable possible, pour le confort des malades mais aussi celui des personnels, des religieuses et des servantes.

L'immense chapelle, gérée par l'administration de l'asile, accueille de manière très stricte et réglementée les malades autorisés. Elle a été conçue de façon à ce que les femmes ne puissent pas côtoyer les hommes. Ainsi, les portes d'entrée et de sortie sont dotées de montées et descentes d'escaliers dédiées. De l'extérieur, on entend la musique qui baigne l'ambiance du lieu. Les notes interprétées par la religieuse organiste, rémunérée pour jouer, résonnent avec douceur, faisant écho aux cris des malades des quartiers d'enfermement voisins. De part et d'autre de cette chapelle, les parloirs hommes et femmes ont été construits. C'est dans ce lieu que Camille voit son frère, lui si enclin à prier et à s'en remettre à la bonté suprême.

De grands projets sont à l'œuvre dans le département du Vaucluse. Il se transforme dans la programmation d'aménagements qui impactent l'asile. Dans une nouvelle séance du conseil général, il est notamment débattu et adopté le vœu de l'installation d'une ligne de tramway électrique entre Avignon et Montdevergues. Et puisqu'il est question de l'asile, la discussion revient sur la distribution de vin. Cela donne place à de nouveaux échanges animés, teintés d'étiologie, de statistiques et de données soi-disant scientifiques sur les liens entre alcool et folie. Il semblerait que la folie est plus fréquente entre trente-cinq et cinquante ans mais il n'est pas prouvé que l'alcoolisme soit la cause d'un grand nombre de cas de folie dans le département. Le défenseur du vin reprend part au débat.

— Oui, nous y voilà : je me permets d'émettre cette pensée paradoxale, à priori, que ce n'est pas l'alcoolique qui devient fou mais le fou qui devient alcoolique ; en d'autres termes, on n'est pas fou parce qu'alcoolique mais bien alcoolique parce que fou !

Le préfet n'hésite pas à entrer dans le débat. Il s'interroge. N'y a-t-il pas un peu de folie dans les propos qui viennent d'être tenus et qui sont un peu compliqués à suivre ?

— Non, c'est de l'étude fondée sur la statistique et cela est d'un grand secours. Je rappelle, une fois de plus également, ces travaux de statistiques sur la population des fous. Ils montrent qu'à Montdevergues, les cas de folie sont plus nombreux dans les villes qu'à la campagne où il semble cependant qu'il y a moins d'hygiène.

— Et alors !?

— Alors ? Il y a à la campagne la quiétude d'esprit qui n'existe pas chez les citadins !

Le débat en reste là.

De son côté, le personnel de l'asile est très fortement impliqué dans la reconnaissance des salaires, indemnités et autres valorisations de la reposance[4]. Les années de guerre ont bouleversé l'organisation du travail mais aussi les grilles salariales pour faire face, notamment, aux difficultés de recrutement du personnel infirmier.

À la fin de l'année 1915, l'asile avait dû se séparer de vingt-trois infirmiers sur les quarante-sept hommes mobilisés. Mais en cette année 1920, il faut reprendre de la vigueur, ce qui incite la commission à lancer des appels d'offres pour interner des malades d'autres départements. Dans le courant de l'année, quinze malades des asiles de la Seine vont être accueillis à un tarif très intéressant.

D'autres propositions voient le jour comme celle de vendre le sang des bêtes tuées aux abattoirs de l'asile ou encore, une nouvelle fois, de réduire les rations de vin pour les malades et de les compenser par des boissons hygiéniques. Il est également envisagé la création d'un nouveau statut général du personnel de Montdevergues afin de mieux gérer, organiser et adapter le travail dans tous les domaines pour la bonne marche de l'asile. Le texte s'appuie sur les activités des personnels administratifs, techniques ou médicaux. Il propose la création d'un conseil de discipline afin de

[4] Statut particulier de certains agents qui ne travaillent plus mais restent néanmoins logés dans l'asile et perçoivent une allocation.

réduire les abus et réglementer les droits et les devoirs de tous les employés.

Dans l'hôpital, les discussions vont bon train parmi le personnel. Les revendications concernent les conditions de travail et surtout le relèvement des salaires. Tous les employés sont inquiets et d'autant plus les servantes qui ne sont ni infirmières ni religieuses. Les infirmiers qui gardent les hommes veulent aussi voir augmenter leurs traitements. Ils sont nourris, blanchis, logés, entretenus et gagnent pourtant bien plus qu'un ouvrier. Mais la fronde gagne toutes les catégories de personnel. Les discussions évoquent tous les sujets : les dotations gratuites de fruits et de légumes qui ont été supprimées, l'emploi de concierge tenu par des préposées, généralement femmes d'agents de l'asile ou encore la vie d'enfermement que subissent non seulement les aliénés mais également les personnels. Une autre préoccupation concerne l'extériorisation des servantes qui entraînerait le départ des sœurs et aurait pour conséquence la laïcisation de tout le personnel féminin de l'asile. Autant de sujets discutés bien sûr en séance du conseil général où il est d'ailleurs voté un nouveau barème d'indemnités en avril 1924 pour tous les personnels. Les servantes ne sont pas les mieux dotées, comme elles le redoutaient, elles n'obtiennent qu'une petite augmentation.

Cette année est également marquée par un engagement intense des personnels afin de faire face à une épidémie de grippe qui va provoquer une augmentation importante de la mortalité parmi les pensionnaires les plus faibles. Dans les pavillons des femmes, le médecin relève de nombreux cas d'admissions à cause de la misère physiologique et de délires fébriles ; autant de cas qui entrainent aussi de nombreux décès. L'isolement étant impossible, il faut désinfecter de manière répétée les dortoirs et les salles. Comme à leur habitude, les infirmières et les servantes multiplient les preuves habituelles de leur dévouement.

Mille cinq cent quatre-vingts malades peuplent l'asile. Huit cent trente-six femmes et sept cent quarante-quatre hommes vivent dans cet espace clos. Mais certaines et certains ont une vie extériorisée. Travailleurs aux champs, travailleuses en laverie ou en salle de repassage, ces malades déambulent régulièrement dans les allées. Les discussions sont quelques fois partagées mais pour la plupart c'est un mode de vie chronique, ritualisé. Ce travail est parfois ponctué de dimanches de fêtes dans la salle de cinéma récemment rénovée.

Le médecin de la division des hommes note, dans son rapport, les bienfaits d'une nouvelle médication. Deux épileptiques sont en effet sortis très améliorés. Le traitement par le Gardénal[5] continue à être largement employé et donne, selon lui, des résultats très satisfaisants. L'asile entre dans la modernité de la prise en charge de la maladie mentale. Mais le chemin

[5] Barbiturique, antiépileptique, mis sur le marché en 1910.

sera encore long. Ce même médecin fait part de son interrogation du moment, la plus préoccupante selon lui.

> *« Il existe à l'asile de Montdevergues, une cinquantaine d'aliénés criminels, venus non seulement des départements de la région mais d'autres asiles de France, en particulier de la Seine. Nous ne possédons pas d'installations spéciales et ce genre de malades seraient plus à leur place dans un asile de sûreté, dont la création, réclamée depuis longtemps, est très désirable.*[6] *»*

La gestion des épidémies est permanente. Il y a cinq ans, toutes les équipes ont été mobilisées pour combattre une pneumo-entérite infectieuse des porcs. Une maladie introduite dans la porcherie par vingt-deux porcelets, achetés chez un marchand de cochons de Noves. Il a fallu des mesures très sévères pour stopper cette épidémie.

Ces deux évènements, parmi d'autres, s'ils ne sont pas étroitement liés, ont posé malgré tout la nécessité d'un grand programme de travaux que ce soit pour répondre aux exigences sanitaires ou à cette inquiétante population d'aliénés criminels que l'on ne sait où enfermer. Il est prévu de déplacer la cuisine centrale et de l'associer aux bâtiments industriels de l'asile où se trouvent déjà la boulangerie, la buanderie

[6] Dès 1947, l'établissement sera parmi les quatre premiers établissements en France à être doté d'une unité pour malades difficiles.

mais aussi l'usine électrique. Il s'agit en fait de centraliser ces services avec les ateliers des services généraux d'entretien. Les améliorations touchent également des mesures d'hygiène élémentaire avec, par exemple, la suppression des latrines, des tinettes et des fosses grâce à l'installation du tout-à-l'égout.

Le conseil général traite les nombreux sujets relevant de ses compétences dont l'administration de l'asile de Montdevergues. Au cours d'une séance, il est reproché au directeur de disposer d'un crédit spécial réservé pour gratifier quelques personnels selon sa convenance. Cette pratique a fait l'objet de discussions dans les pavillons et a été rapportée par une délégation du personnel auprès des autorités.

Le préfet s'offusque presque de ces remarques devenues récurrentes et qu'il juge regrettables et peu correctes, faites à l'insu du directeur, arguant du fait qu'il s'agit simplement de gratifier de bons serviteurs. Et les débats continuent de façon quelque peu confuse, cette fois-ci, sur le sujet des recrutements à l'occasion de l'embauche d'un homme de soixante-cinq ans qui devra effectuer un stage de six mois avant sa titularisation.

— C'est une vérité, cet homme de soixante-cinq ans que vous voudriez caser, c'est du reste un brave garçon, ne peut pas rendre à l'établissement les services que l'on pourrait attendre d'un employé plus jeune. Et pour détourner cela, vous inventez le stage sanitaire de six mois. Vous dites : « *à l'expiration de ce délai, s'ils sont trop malades, on les renverra.* »

— Je vous précise que ce stage n'est applicable qu'aux infirmiers. Le recrutement est de plus en plus difficile. Le directeur est obligé de prendre des passants et des chemineaux qui sont souvent tarés en entrant et tombent malades rapidement. On s'en sépare après le stage.

— Vous n'aviez qu'à pas les accepter.

— Bien, voyez-vous, pour nous donner des garanties, afin d'éviter ce genre de situations, nous allons maintenant proposer de reculer l'âge maximal de recrutement de cinq ans. Pour le passer à cinquante ans ! Cela élargira le champ des recrutements.

Après ce débat, le président de la commission de surveillance, sur demande du préfet, propose la création d'un service de consultations de neuropsychiatrie.

Une voix s'élève pour demander à l'orateur ce qu'il compte instaurer puisque c'est la mission des asiles ! Le président précise qu'à côté des malades internés, il existe des psychopathes non dangereux et non aliénés mais qui, laissés sans soins, peuvent le devenir. Il est donc proposé que des services annexes de neuropsychiatrie soient créés pour remédier à cette lacune.

— Nous allons ainsi contribuer à lutter contre l'aliénation mentale et nous devons faire cela comme nous le faisons contre la tuberculose.

Le préfet et le conseil général mettront beaucoup de temps encore à accepter cette proposition et le premier dispensaire ne sera inauguré que très tardivement, en 1965.

Le médecin, en charge de Camille, se rend régulièrement dans les quartiers où les femmes sont regroupées. Vêtu de sa longue blouse blanche, accompagné par la religieuse et observé par les servantes admiratives, il discute avec quelques aliénées pour établir ensuite son rapport médical.

— Bonjour Mademoiselle.

— Bonjour Docteur. J'insiste toujours auprès de vous pour ma demande de rapprochement. Docteur, vous voyez comme je suis très peu visitée, à l'inverse de toutes celles qui reçoivent sans cesse des visites de leurs familles. Vous comprendrez aisément ma demande de retourner à Paris.

Camille accorde une grande importance à cet échange avec le médecin. Elle continue de prétendre que sa famille la tient enfermée pour s'emparer de sa fortune.

Malheureusement, cette rapide discussion du 11 février 1924 est diagnostiquée par le médecin comme étant une forme permanente de ses idées de persécution. Il note, toutefois, le fait que Camille a certainement été perturbée par les changements de chambre dus aux travaux sans pour autant accentuer ses délires, tout en la reconnaissant calme et assez docile. Il précise enfin, au mois d'août, dans un bilan adressé à son frère que *« cette sortie qu'elle demande ne peut avoir aucune influence franche ni favorable sur le délire de mademoiselle Claudel, mais* [lui] *procurera certainement une grande joie, lui laissant quelque espoir d'une libération ou d'un départ éventuel.* »

Bulletin médical ou aveu d'humanité au service d'une aliénée ? Le médecin reconnait implicitement que cette malade doit être considérée comme injustement internée.

Ne dit-on pas que la jeunesse
est le temps des illusions,
alors que la vieillesse peu à peu
entre dans la réalité des choses
telles qu'elles sont ? [...]
Abandonnez ces pensées
qui vous déchirent le cœur.
Paul Claudel, *Le Soulier de satin*

VIII

Paul est venu voir Camille le 25 mars 1925.

« Être accueilli par sa pauvre sœur édentée, délabrée, l'air d'une très vieille femme sous ses cheveux gris. Camille m'accueille chaleureusement en se jetant sur ma poitrine, celle de son frère ! Et en sanglotant. »

Cinq années se sont écoulées dans la douleur de l'éloignement. Elle tend ses bras et le supplie, telle l'*Implorante*[7].

— Tu me manques Paul. Pas ici, c'est trop loin. Je sais que le médecin a encore écrit à maman pour lui

[7] *L'Implorante*, sculpture de Camille Claudel, effectuée en plusieurs versions de 1894 à 1905, terre cuite, plâtre et bronze.

dire combien j'espère me rapprocher de Paris. Me rapprocher de vous.

Paul la regarde. Il ne sait que répondre. Il est sensible au ressentiment de sa sœur et aux appréciations des médecins, mais il se refuse à entrer dans toute culpabilité.

— Je ne viens pas pour te reprendre avec nous Camille, je viens te voir pour que tu restes ici.

Camille le scrute de ce regard qui lui a permis tant de créations de mouvements, expression de son génie. Elle connait si bien ce visage qu'elle a tant de fois pétri et sculpté pour aboutir à cette œuvre[8] qui le marquera à jamais.

— Pourquoi me punissez-vous ? Qu'ai-je fait pour subir une telle souffrance de votre part ? Des autres, ces jaloux, ces profiteurs, ces indignes, je le comprends. Mais pas de vous, ma famille, dont je suis en droit d'attendre de la bienveillance.

Camille essaie toujours et encore de convaincre son frère.

— Emmène-moi Paul. Les aménagements apportés à mon hébergement ne peuvent apaiser cet enfermement qui me rend folle.

Madame Claudel reste maîtresse de cet enfermement. Elle donne au directeur des consignes pour que

[8] *Buste de Paul Claudel en jeune Romain*, réalisé par Camille Claudel entre 1884 et 1887, bronze, musée Calvet, Avignon.

rien ne change à la prise en charge financière de sa fille. La situation de Camille est devenue l'objet d'un affrontement au cœur de la détérioration des rapports entre la mère et son fils.

Au printemps de cette année 1925, les différents services accueillant les femmes sont différemment dotés. Si l'état sanitaire de la division commune laisse considérablement à désirer, entrainant un nombre de décès exceptionnellement élevé, il n'en est pas de même pour le pensionnat. La mortalité y est peu considérable et les conditions d'hébergement et de soins sont excellentes, même si la population, composée de séniles, de gâteuses et de démentes pour sa grande majorité, est peu résistante aux épidémies comme celle de la diarrhée dysentériforme qui y a sévi.

Les médecins évoquent entre eux ces différentes conditions, ou encore la tuberculose qui a fait vingt-cinq victimes cette année dans un seul pavillon. Ils estiment urgent de procéder à des travaux pour la construction de nouveaux pavillons et d'une nouvelle infirmerie centrale.

Au sein du pensionnat, un dortoir du rez-de-chaussée a été supprimé et transformé en réfectoire, ce qui améliore les conditions de vie des malades. Elles disposent maintenant de deux salles pour la récréation et pour le travail. De plus, les bains et le chauffage sont désormais opérationnels.

Dans les autres services, hélas, ce n'est pas le cas. La promiscuité entre des malades travailleuses qui sont tranquilles et des grandes agitées provoque des troubles importants. Les pavillons de grandes capacités ont, certes, beaucoup d'avantages au point de vue du prix de revient par malade mais au point de vue de la répartition des patientes, les pavillons moyens et petits sont préférables.

Ces préoccupations nourrissent les échanges menés au sein de la commission de surveillance de l'asile et surtout les débats et décisions du conseil général en présence du préfet. Et ce, d'autant plus que dans le même temps, un mouvement social s'empare du personnel. Le Syndicat professionnel des infirmiers et préposés des deux sexes fait parvenir au directeur et à la commission de surveillance son cahier de revendications pour la reconnaissance de ses compétences et de son statut, mouvement suivi du Syndicat autonome des ouvriers et infirmiers et de l'Association amicale des ouvriers et préposés extériorisés.

Si l'apport des malades venant de la Seine est très intéressant d'un point de vue budgétaire, la proportion des malades tuberculeuses y est très élevée. De plus, elles sont habituées au confort d'asiles plus modernes ou plus riches que celui de Montdevergues. De fait elles sont mécontentes et répandent autour d'elles un esprit de dénigrement et de révolte.

Camille regarde ces arrivées et ces évolutions avec amertume. Elle côtoie ces malades venant de sa région mais ne leur parle pas et ne les rend pas témoins de son mal-être. Elle ne cesse de rêver à ses jours heureux.

Elle évoque de nouveau avec son médecin le désir intense de son retour. Elle a trouvé en lui une véritable empathie. Il semble compatir à sa souffrance au-delà de sa folie. Il ne comprend pas l'obstination de sa famille à la laisser dans cet abandon.

Camille écrit à son frère et à sa mère. Elle rédige alors un courrier digne d'un rapport qui, malheureusement et une fois de plus, restera lettre morte quant à sa situation :

« Je vous ai déjà dit que les premières classes étaient les plus malheureuses. D'abord, leur salle à manger est dans le courant d'air, elles sont à une toute petite table, serrées les unes contre les autres. Elles ont toujours la dysenterie d'un bout de l'année à l'autre, ce qui n'est pas un signe que la nourriture est bonne. Le fond de la nourriture est celui-ci : de la soupe (c'est-à-dire de l'eau de légumes mal cuits sans jamais de viande), un vieux ragoût de bœuf en sauce noire, huileuse, amère, d'un bout de l'année à l'autre, un vieux plat de macaronis qui nagent dans le cambouis ou un vieux plat de riz du même genre, en un mot le graillon jusqu'au bout, comme hors d'œuvre, quelque

minuscule tranche de jambon cru, comme dessert, de vieilles dattes ou trois vieilles figues racornies ou trois vieux biscotins ou un vieux morceau de fromage de bique ; voilà pour vos vingt francs par jour ; le vin c'est du vinaigre, le café c'est de l'eau de pois chiches ! »

Paul gardera cette lettre et s'entretiendra plus tard, à ce propos, avec le directeur de l'asile.

Nous y voilà, mon maître, je vais vaincre de ma
route sombre qui **vague.**

Je suis le puissant sans force, en
cette terre inondée par la mère

et mon cœur va sculpter votre âme.

De la puissance de mon règne il restera cette
force de mon être si faible.

Tu as voulu conquérir mon univers,
tu n'auras rien de ma vie.

Quelle est cette **mer** sans soleil qui refuse
l'éclair de mon divin?

Cette mer qui se trouble à ma vue si
claire dans une **valse** des pierres précieuses.

André C.

L'homme en qui je me reconnais
et qui est fait pour me représenter
n'est pas un sage et un juste,
qu'on me donne un homme jaloux et avide ! [...]
Que la colère et la peur,
la douleur, et la vengeance,
Cèdent aux mains enveloppantes
de la neige et de la nuit.
Paul Claudel, *Le Soulier de satin*

IX

Paul Claudel vient de terminer la rédaction d'une lettre par laquelle il informe le directeur de sa prochaine venue le 16 août 1927.

C'est sa quatrième visite.

Ses enfants, Henri et Pierre, l'accompagnent.

La religieuse qui les escorte, perçoit la réalité de la souffrance et l'aggravation du délire de Camille. Elle sait désormais que les visites de son frère sont irrégulières et empreintes de détachement. Elle se confie à la mère supérieure sur la discordance entre cette distance cruelle et l'avis positif du médecin pour un retour dans sa famille, à Villeneuve.

Ce frère ne dit rien, il reste sourd aux questions de sa sœur, muet face aux supplications de paix et de liberté qu'elle lui crie avec douleur.

La visite est brève et sans commentaires.

Le sort de Camille est devenu un terrain d'affrontement entre mère et fils. Doit-elle être placée en première ou en troisième classe ?

Les visites de Paul sont des temps essentiels pour échanger avec la direction de l'établissement sur les enjeux du placement de sa sœur, enjeux qui paraissent plus importants que ses seules visites.

Les modes de vie ici sont si difficiles à comprendre, note Camille, internée depuis douze ans et toujours en attente de transfèrement. Elle cherche sans cesse à comprendre. Elle communique peu avec les personnes qui l'entourent. Le décalage entre ce qui subsiste dans sa mémoire d'une vie d'éblouissement, de puissance créative, de rencontres vécues, d'amour et la conscience de l'effondrement dans lequel elle erre, est un abysse. Dans ce lieu qui l'oppresse, savent-ils qui elle est ? Les échanges de Paul avec le directeur ont sans doute laissé apparaître des bribes de sa vie. Les médecins-chefs ont connaissance d'une partie de son parcours. Mais elle est toujours là, oubliée et spectatrice aliénée de l'asile.

Elle écrit...

« Il s'agit de tenir en respect toutes sortes de créatures énervées, violentes, criardes, menaçantes. Il faut pour cela un ordre très sévère. Ces créatures sont désagréables et nuisibles pour leurs familles. Comment se fait-il que moi je sois forcée de les supporter? Paul, il faut me retirer de ce milieu. Je réclame la liberté à grands cris. Je veux regagner Villeneuve. Ce Villeneuve si joli et qui n'a rien de pareil sur la terre ! »

L'été laisse place à une fin d'année toute en douceur, mettant en valeur l'espace naturel apaisé dans lequel s'agite l'asile. Par une belle journée qui appelle à l'évasion, une religieuse accompagne Camille pour une escapade dans la colline. C'est un court et paisible moment, loin de l'agitation quotidienne. Les hauteurs de Montdevergues offrent un spectacle unique dans ce décor presque sauvage. Un décor qui laisse facilement la place aux réflexions, voire à la méditation. Au Sud se dessinent les Alpilles et au Nord domine le mont Ventoux. Pour redescendre de ce lieu magique jusqu'au pensionnat, il faut contourner le château d'eau construit pour alimenter les pavillons.

Elles sont plongées dans leur balade méditative, pendant qu'en contrebas résonnent les voix de l'internement. Une fête est en préparation.

Enivrées des odeurs de la pinède, les paroles se libèrent. Camille informe son chaperon de la rédaction d'une nouvelle lettre adressée à son frère.

« À ce moment de fêtes, je pense toujours à notre chère maman. Je ne l'ai jamais revue depuis le jour où vous avez pris la funeste résolution de m'envoyer dans les asiles d'aliénés ! Je pense à ce beau portrait que j'avais fait d'elle dans l'ombre de notre beau jardin. Les grands yeux où se lisait une douleur secrète, l'esprit de résignation qui régnait. »

Dire que je suis encore malade apres le
518ieme Dimanche

Dire que je suis encore malade après le
5/8 ième Dimanche

Texte et dessin : extrait du journal « L'Ami du malade ».

C'est vous qui liez les mains de sa prière.
C'est vous qui la retranchez de Dieu
et qui lui bouchez la bouche et qui l'enfermez
comme une damnée dans une prison
d'impuissance et de désespoir.
Paul Claudel, *Le Soulier de satin*

X

Les mois passent. Paul entend-t-il les cris de sa sœur ? Une visite est fixée au 20 août 1928.

Il a quitté ses fonctions d'ambassadeur à Tokyo et part à Washington pour sa nouvelle affectation. Il est absorbé par son travail d'écriture et les derniers ajustements de son œuvre gigantesque dans laquelle le sacré côtoie le profane, *Le Soulier de satin*. Il est en outre plongé dans des échanges contradictoires qui rythment sa relation avec sa mère. Il doit assumer la perturbation mentale de sa sœur et gérer la souffrance de sa mère provoquée par *« la torture de sa vie »* : sa fille.

Paul informe le directeur de l'hôpital de son passage et lui demande d'avertir Camille de sa présence dans l'après-midi.

La rencontre est brève. Il n'en dira rien de plus marquant qu'un moment presque anodin, notant dans son cahier ces mots chargés de sens : *« Ces moments dans lesquels flottent tristesse et amertume ; désespoir et abandon. »*

Paul est néanmoins porteur d'une importante information. Il dit avoir eu des nouvelles de Jessie Elborne, l'amie de Camille. Elle se saisit de cette information et se décide à écrire à cette amie devenue lointaine. C'est une avalanche de lettres dans lesquelles se mêlent la triste réalité de son exclusion asilaire, sa lucidité de l'enfermement et l'apparition d'un délire de plus en plus structuré.

A l'hôpital, les relations sociales sont elles aussi dans la tourmente. L'Association fraternelle mixte tient à clarifier sa position auprès du directeur pour préciser sa stratégie dans l'établissement. Le combat syndical est dans une étape importante. Les enjeux économiques nationaux et mondiaux traversent le monde du travail.

— Sachez, monsieur le directeur, que notre association a pour but de maintenir parmi ses membres l'esprit de camaraderie et de solidarité et de défendre les intérêts professionnels. Ce n'est pas un instrument de combat.

— Vous n'êtes donc pas sur la même ligne que certains de vos collègues du syndicat ?

— Nous condamnons et nous nous séparons de ceux qui, trouvant trop petite l'arène où se débattent les ambitions, les haines et les luttes de classes, voudraient initier parmi nous des questions irritantes ou cacher l'ombre des intérêts professionnels, des ferments de discorde, réservés pour les occasions d'attaques politiques. Nous voulons être les collaborateurs zélés et dévoués de la même œuvre. Nous vous demandons, Monsieur le Directeur, d'être bienveillant et juste à notre égard et d'améliorer notre situation, dans la plus large mesure possible.

Conscient de l'enjeu dans la construction des rapports de force, le directeur ne s'aventure pas plus loin.

— Je ne manquerai pas de faire connaitre cela à la Commission de surveillance.

Il rend compte au préfet de cette entrevue.

Paul Claudel vient de recevoir une nouvelle lettre de Camille. Elle dit avoir repris contact avec son amie Jessie. Les émotions suscitées par les nombreuses missives reçues ont une résonnance dans la construction de son œuvre majeure, *Le Soulier de satin*. La diversité des lieux, la complexité des personnages et la dramaturgie des situations rendent sa mise en scène délicate mais contribuent à sa grandeur. Onze heures sont nécessaires à sa première représentation. Comment ne pas comparer ce travail théâtral à la vie conquérante que sa sœur voulait construire ? Cette vie injouable qui se confond avec celle des personnages évoluant entre ombre et lumière. Ne serait-ce pas le répertoire des questions perpétuelles et des réponses impossibles sur cette existence que Camille mériterait de vivre ? Entre fiction et réalité, comment ne pas relier ces deux mondes ?

Paul connait-il la rudesse de cette vie asilaire dans laquelle sa sœur se débat ? Comment pourrait-il l'ignorer ? A-t-il connaissance de ces discussions qui animent les rencontres entre médecins ?

— Nous sommes souvent obligés de déplacer des malades en cours de traitement pour recevoir des entrantes ou des malades en grande souffrance. Il est, dès lors, inutile d'insister sur le fait que nous sommes confrontés à l'encombrement des pavillons et que c'est fort préjudiciable au traitement des malades.

— Le service des femmes est préoccupant avec ses mille cinquante-deux malades. Nettement plus important que celui des hommes. Cette année 1928 a vu dix-sept malades, la plupart anciennes paludéennes, arriver d'Algérie.

— Nous n'avons que sept cent quarante-huit hommes chez nous et recensons quatre-vingt-trois décès.

— Chez nos femmes, les décès s'élèvent à cent vingt-quatre pour les indigentes et vingt-quatre pour les pensionnaires. Heureusement, nous améliorons les guérisons grâce à l'Ergostérol irradié[9] associé au citrate de magnésie. Mais il demeure que l'essentiel réside dans les projets de travaux pour améliorer le confort de nos malades.

Sans cesse, ces aspirations d'extension reviennent. Mais l'administration se soucie également des hébergements du personnel. Le temps de travail diminue, la journée de huit heures étant décidée par le Conseil général pour le personnel masculin de l'asile. Il faut donc embaucher environ soixante infirmiers supplémentaires mais le constat est qu'il n'y a pas de locaux pour les loger. La solution de construire des logements individuels bénéficiant de la loi des habitations à bon marché serait une aubaine. Le préfet s'adresse ainsi au préfet honoraire Contrôleur général des habitations à bon marché à Paris pour lui demander une aide à la construction de logements pour le personnel de l'établissement. Mais une fin de non-recevoir est très vite donnée à cette requête. Le dossier est suspendu.

Le personnel féminin ne souhaite pas être assujetti à la décision sur la journée de huit heures. Sa réclamation ne porte pas sur une diminution du temps de travail mais sur l'augmentation de son salaire.

Dans l'hémicycle du Conseil général, les élus s'animent autour de ces doléances lors d'une nouvelle séance. Un premier intervenant prend la parole.

[9] Vitamine D, isolée à partir de l'ergot de seigle, utilisée à partir de 1920.

— Vous devez bien convenir que ce qui est posé, c'est avant tout le moyen de financer les dépenses nécessaires pour toutes ces revendications. Et il faut donc augmenter le prix de journée.

— Oui, mais ces propositions, sur le point d'être adoptées, se mettent alors face à une double contradiction : les rémunérations à l'hôpital vont être plus importantes que celles de l'État, ce qui ne peut être envisageable et vous allez à l'inverse de la proposition de notre Commission des finances.

— Je vous demande alors, dans mon rôle de président, de nous en tenir à la seule demande de la direction de l'asile, validée par notre Commission et de ne pas en demander plus.

— J'espère bien cependant que le conseil général ne restera pas absolument fidèle, pour l'asile de Montdevergues, à ce « principe arabe » qui consiste à faire travailler les femmes plus que les hommes.

— Vous faites allusion à cette différence de travail entre les hommes et les femmes. Vous avez connaissance de la demande des servantes ; je pense en fait qu'il est possible qu'une certaine pression ait été exercée sur ces employées.

Ainsi, le président de séance clôt le débat en proposant de saisir le préfet afin qu'une enquête soit menée à ce sujet.

L'asile est devenu un important territoire fermé. Pas moins de deux mille malades côtoient un nombre de plus en plus important de personnels affectés dans les quartiers et autres pavillons. Le nombre d'agents des services techniques, logistiques et administratifs ne cesse également d'augmenter afin de permettre le fonctionnement quotidien de l'établissement en quasi autarcie, y compris alimentaire. Des dizaines d'hectares de terres agricoles, propriété de Montdevergues, sont à proximité, facilement accessibles de l'autre côté des murs par un portail spécial. La ferme de l'asile est devenue l'une des plus importantes du territoire montfavétain. Doté de très nombreuses laiteries il est surnommé : la « Normandie provençale ». La ferme de Bel-Air possède ainsi des dizaines de vaches et de porcs mais aussi des poules, des poulets et des lapins par centaines qui demandent une activité permanente tout autant que les cultures légumières, céréalières, viticoles et arboricoles.

Mais, en parallèle, l'accroissement de l'activité agricole produit quelques soucis sanitaires.

La fièvre aphteuse, répandue dans beaucoup de communes, sévit de manière bénigne. Elle concerne essentiellement les exploitations de laitiers et les marchands de vaches. La porcherie de l'asile, quant à elle, est frappée par les maladies rouges du porc et notamment la peste porcine. Une *sérumnisation* spécifique est pratiquée sur deux cent vingt porcs par sécurité.

C'est l'occasion de noter l'efficacité indiscutable du sérum anti-pesteux de l'institut Pasteur d'Alger.

L'année 1929 est marquée par quelques évènements inattendus. Durant l'hiver, une nouvelle épidémie de fièvre charbonneuse atteint la porcherie. Des mesures d'urgence sont prises pour éviter la propagation. Le personnel de cuisine est mis à contribution pour abattre les porcs, isoler les porcelets ou encore reconditionner la viande pour les repas des malades et des employés. Le pire est évité.

Loin de Montdevergues, madame Claudel décède le 19 juin 1929. Les obsèques vont se dérouler à Villeneuve, ce lieu qui continue à émouvoir les pensées de Camille. Elle n'est pas informée du décès de sa mère.

de g[illegible].

B
Paul
i Evr[illegible] d[illegible] cela [illegible]
[illegible] Mars le [illegible]
[illegible]et [illegible] marchan[illegible]
de [illegible] n, enlevem[illegible]
a envoyer faire [illegible]
[illegible] cela fait 17 ans
s asiles d'aliénés. [illegible]
les marchands d'[illegible]
[illegible] de l'auvre d[illegible]
voyer faire pension B.
[illegible] Servant de B.
d'aliénés. Après [illegible]
[illegible] sinistre projet. [illegible]
de l'auvre [illegible] toute [illegible]
les années de prison
servant de B. pour ex[illegible]
[illegible] bien montée [illegible] eux, [illegible]
[illegible] projet ils me lo[illegible]
[illegible] que un ag[illegible]
[illegible] de prison.
[illegible] pour le [illegible]
[illegible] utiles eux. [illegible]
[illegible] employer
que [illegible] agent.
l'avance [illegible]

Texte : Camille Claudel, extrait de lettre.

Il y a une prison pour moi
et nul ne pourra m'en arracher.
Comment souffrir quand vous êtes là ?
Qui vous regarde oublie de vivre et de mourir.
Paul Claudel, *Le Soulier de satin*

XI

« La nommée Claudel Camille est atteinte de délire systématisé de persécution à base d'interprétations fausses. Cette affection rend nécessaire le maintien de mademoiselle Claudel dans un asile. Elle ne lui permet pas d'autre part de gérer ses intérêts. »

Au mois de février de cette année 1930, le médecin de l'asile adresse ce certificat de situation à monsieur le procureur de la République. Madame Claudel étant décédée, de nouvelles modalités d'internement doivent être prises conformément à la loi pour que Camille reste enfermée. Sa sœur Louise prend le relais des relations gestionnaires et tutélaires. Les consignes se perpétuent mais des dispositions s'imposent, notamment en prévision de la constitution du futur conseil de famille.

« Délire systématisé de persécution. »

Dix-sept ans après son enfermement, cette sentence pèse encore.

Camille est submergée par ce perpétuel sentiment d'injustice qu'elle qualifie de stratégie diabolique édifiée par son maître. Elle l'écrit à son frère au mois de mars.

> *« Cet enfermement n'est que le fruit des idées de Rodin, de sa peur qu'une fois mort, je prenne mon essor comme artiste et que je devienne plus que lui. Il fallait qu'il arrive à me tenir dans ses griffes après sa mort comme pendant sa vie. Que je sois malheureuse lui mort comme vivant. »*

La puissance de création de Camille, la maîtrise de cet art sculptural, à un niveau peu commun, n'a pas échappé au sculpteur. Rodin pouvait-il accompagner celle qui allait le dépasser ? Délire de persécution ou lucidité, le sort de l'abandonnée est encore une fois consigné.

Nul doute que son frère doit appréhender cette situation. Paul remonte l'allée centrale de l'asile pour la sixième fois, le 18 juin 1930. Comme les fois précédentes, le clocher de la chapelle lui offre cette sérénité nécessaire pour maîtriser la dureté du décor. Il se rend dans le même parloir, prend place au même endroit, entend les mêmes supplications et porte le même regard sur sa sœur.

« Camille est vieille, vieille, vieille! La tête remplie de ses obsessions, elle ne pense plus à autre chose, me sifflant à l'oreille tout bas des choses que je n'entends pas. Elle me donne un chapelet gris qu'une sœur a fait pour elle, il est fabriqué avec cette graine grise qu'on appelle des "larmes de Job". »

Cette année-là, Camille reçoit une autre visite. Sa grande amie Jessie et son mari ont fait le long voyage jusqu'à Montdevergues. Ce moment de rencontre est immortalisé par une photo saisissante. Les deux amies sont figées dans leur destin. La main de Jessie est posée sur le genou de Camille, réminiscence d'une intimité révolue, d'un lien fané éclatant de liberté et de créativité. La détresse muette de Jessie traverse ces souvenirs heureux.

De retour chez elle, Jessie écrit à Louise, la sœur de Camille. Elle a besoin de partager son tourment. Elle est bouleversée. La réponse cynique de Louise anéantit l'espoir de nouvelles rencontres entre les deux amies.

« Rien ne peut changer dans la situation de ma sœur, portée par une rancune historique de nos rapports pendant nos jeunes années passées. Je vous informe tout de même que j'irai voir Camille avec mon frère durant cet été 1930. »

L'asile voit, lui aussi, son climat se charger de perturbations importantes. Le préfet est informé de la fréquence des situations d'agitation et de dangerosité dans certains pavillons. Il interpelle le directeur et souhaite avoir l'avis des médecins lors de la séance du Conseil général.

Le médecin des femmes rappelle la répartition stricte des malades dans les pavillons : tranquilles, agitées, gâteuses, suicidaires et autres. Ces secteurs sont eux-mêmes divisés selon les états des patientes : calme, agitation ou réactions plus ou moins dangereuses. Les médecins insistent sur la fluctuation des comportements des malades, la plupart étant dans des états maniaques intermittents. Les traitements peuvent ainsi permettre de passer d'une section à une autre selon l'évolution de leur état mental. Le rapport final insiste sur l'urgence à construire de nouveaux pavillons destinés aux agitées qui perturbent les autres malades.

Ces épisodes d'emportements et de brutalités incessantes, Camille les décrit dans ses lettres. Elle y dépeint ces temps de disputes, voire de batailles que l'encombrement génère.

À ces situations d'ordre médical, s'ajoutent des troubles dans la gestion administrative de l'établissement. Des dénonciations ont alerté les membres de la Commission de surveillance sur des pratiques douteuses du directeur. Une commission d'enquête est constituée. Le cordonnier de l'asile a-t-il vraiment fait des chaussures au directeur pendant ses heures de service ? Ce même directeur a-t-il utilisé des outils chirurgicaux pour ses besoins propres et ceux de sa famille ? Est-il exact qu'il a fait installer des meubles dans son appartement par le personnel menuisier ? Enfin, des agents dénoncent le dépassement exorbitant des dépenses pour la nouvelle cuisine alors que les travaux ne sont toujours pas terminés.

Le dossier parvient à l'Assemblée. Les interventions des élus se succèdent.

C'est le quotidien des malades qui se dessine à travers des alertes récurrentes sur la mauvaise nourriture, le non-respect des régimes prescrits sous couvert d'économie, l'hygiène déplorable dans certaines sections ainsi que la défectuosité fréquente du pain et de la farine, sur fond de trafic.

Concernant les travaux de la nouvelle cuisine, un élu confirme avoir mené son enquête et fait auditionner des employés, entrainant des révélations surprenantes.

— Oui, même si cela peut prendre beaucoup de temps, il faut savoir que les origines datent de quatre ans auparavant. C'est le directeur qui avait décidé de ce projet et jamais, en fait, ni le préfet ni la Commission n'ont été informés du déroulement des travaux et des bonnes raisons de ce projet, sauf qu'au bout de quatre ans, nous découvrons, après maintes demandes à ce propos, un dépassement des prévisions de cinq cent mille francs, c'est-à-dire une augmentation des dépenses de quatre-vingts pour cent.

— Et vous vous souvenez que nous avions demandé une modération de l'ardeur et de la folie de ces dépenses que nous commencions à percevoir !

— Il y a un responsable dans tout cela. Il est nécessaire de prendre des mesures énergiques et sévères.

Entre suspicions et faits avérés, entre témoignages d'agents et propos rapportés, les élus qui siègent à la Commission invitent à la prudence.

— Nous n'avons pas voulu suspecter la bonne foi du président et des membres de la Commission, d'ailleurs nous ne voterons pas contre les conclusions de cette Commission, mais nous nous abstiendrons. Nous voulons par-là vous donner une preuve de non suspicion et même, je tiens à ajouter, de sympathie !

L'élu qui s'était opposé au remplacement du vin par la bière, voilà plus de quinze ans, est toujours sur les bancs de l'Assemblée. Il s'exprime de façon presque triomphale.

— Quand il s'agit de Montdevergues, des errements qui peuvent se produire dans cet établissement, je me retrouve presque dans mon élément !!

Il rappelle, qu'à une époque, il n'avait pas été entendu.

— Je passais pour un révolutionnaire. Alors que fait-on maintenant ? Pour ce qui me concerne, j'ai mené ma petite enquête… Je suis allé à Montdevergues.

Son premier verdict est sans appel, estimant que tout est basé sur des racontars. C'est l'étonnement général ! Il poursuit néanmoins en reconnaissant avoir des preuves sur des faits condamnables mais pour autant ne pas vouloir se fonder sur des commérages. Parce qu'il s'est toujours empressé de reconnaitre qu'au-delà de la mauvaise gestion de l'asile, les malades sont très bien soignés et il assure que les médecins font leur devoir.

L'assemblée délibère.

— Le conseil général prend acte du rapport de la commission de surveillance, en approuve les conclusions et prie monsieur le préfet de prendre les mesures nécessaires pour faire cesser les errements qui ont été signalés.

Cette délibération laconique est adoptée et portée à l'ordre du jour de la commission de surveillance de l'asile. Il faut bien reconnaitre que la question de la nourriture y est permanente. Comme en témoigne la nécessité de vendre au commerce de boucherie un cheval devenant aveugle et ombrageux. Tous se félicitent néanmoins de la bonne marche de la vacherie et de la porcherie. L'hôpital fonctionne en autarcie, notamment pour la production de certaines denrées agricoles et la décision est prise de l'achat d'un véhicule auprès de la maison Renault, pour expérimentation d'un tracteur nouvelle génération qui va permettre une meilleure productivité agricole dans les champs de l'asile.

Il est également présenté un compte-rendu de la longue visite du secrétaire général de la Fédération des services de santé. Le représentant s'étonne d'un grand nombre d'infirmiers présents dans l'asile, estimant préférable de n'avoir que quelques infirmiers diplômés par quartiers, secondés par des hommes de peine. En fait, il s'agit surtout de répondre au syndicat du personnel secondaire qui avait exprimé, une fois de plus, des revendications dans lesquelles les questions de l'augmentation des effectifs était primordiale. Le directeur ne cache pas qu'il a fait part à la délégation du nombre exact d'agents qui exercent dans l'asile : deux cent quatre-vingt-seize agents laïcs de toutes catégories, directeur compris, et quarante-six religieuses.

Par ailleurs, une autre question d'actualité est débattue. En effet, une difficulté non prévue se présente assez fréquemment, du fait d'individus qui, sans être de véritables aliénés, sont d'un caractère particulièrement irascible, non sociable, rendant leur séjour très difficile dans un établissement hospitalier ordinaire et que la loi ne permet pas, d'interner dans un asile d'aliénés.

Le débat s'oriente rapidement sur le fait qu'il serait dangereux de placer ces malades à Montdevergues. Le président est certes pour une étude, mais il tient à dire, à titre indicatif, qu'il existe dans certains hôpitaux, des salles spéciales pour nerveux. Il pourrait être envisagé une telle salle à l'hôpital d'Avignon. Il fait donc adopter la proposition de demander au préfet l'étude d'un tel projet.

Vous n'êtes pas autre que je suis,
si nombreux dans ce volcan des êtres
perdus, à subir mon pardon éternel.

Pour mourir là-bas dans cette forêt de
l'inutile.
Nous crions notre envie d'une autre terre, vivre
dans la mort que vous nous offrez, avec
la juste ignorance de ce que nous ne serons pas.

Tu marches sur le chemin qui m'est tracé
dans l'éclair sombre de cette nuit éclairée qui
t'accueille.

Mais alors, terre sans soleil, mer sans rivage, ne
germe ici que la solitude de l'armée des
absents.

André C.

Il n'y a que la femme qui ne soit pas un rêve ?
Toujours ça !
Qu'est-ce que la femme, faible créature ?
Ce n'est pas à cause d'une femme
que la vie perd son goût.
Paul Claudel, *Le Soulier de satin*

XII

Camille est dans la salle du réfectoire. Autour d'elle les malades s'interpellent, appellent des personnes qu'elles seules discernent. Les servantes préparent le déjeuner avec toute l'attention qu'il faut porter à la distribution du pain et au respect des régimes. Aucun doute ne doit peser quant à leur intégrité. L'affaire de dénonciation est encore dans les esprits.

Jeudi 21 août 1930. Paul Claudel arrive dans la section. Il prend place dans le parloir. Il attend Camille. Une servante annonce à l'internée la visite de son frère et l'aide à se déplacer dans un désordre acoustique permanent. Emplie d'une vigueur inattendue, elle devient impénétrable au tumulte ambiant. Elle entre dans la pièce.

— Paul !?

Il est là, elle le reconnaît bien sûr. Elle est pleine de joie. Lui, paraît ailleurs. L'inconfort du lieu s'ajoute au sentiment que toute la famille pourrait être envahie par les délires de sa sœur. Il n'est pas en grand confort en cet instant, au milieu des grandes turbulences que provoque la folie.

Il murmure des mots que personne n'entend.

— Camille à Montdevergues… vieille… vieille…

Ce constat, deux mois après son entrevue précédente, s'inscrit dans la permanence d'un malaise qui s'intensifie au rythme de ses brefs passages.

De cette errance avignonnaise dans ce bel été rhodanien, Paul retient sa visite au musée Calvet. Ce fameux musée où est exposé son buste d'enfant[10], modelé par les mains de sa sœur, alors sculptrice. C'est un moment de bonheur pénétrant, hors du temps. Il est envoûté par cette œuvre qu'il admire sans remords ni conscience d'une discordance entre la réalité et sa matérialité. Une sculpture majeure de l'artiste.

Camille, sensible à l'agitation ou parfois à la dangerosité de ses compagnes de fortune, voit ces *« créatures désagréables et nuisibles pour leurs familles »*. Elle vit avec elles. Aussi se renferme-t-elle, cloîtrée dans sa

[10] *Buste de Paul Claudel en jeune Romain*, réalisé par Camille Claudel entre 1884 et 1887, bronze, musée Calvet, Avignon.

chambre et son esprit. Elle s'extrait du monde et se pose la même question tous les jours.

— Comment se fait-il que moi, je sois forcée de les supporter ?

Cette question ne parvient pas dans la salle du musée Calvet. La famille de Camille reste sourde à cette introspection.

Cette septième visite est suivie par celle de sa sœur, accompagnée de son fils et de sa belle-fille. Louise est submergée, atteinte dans sa chair familiale. Bouleversée, elle s'apitoie à *« la vue de cette sœur si lointaine et si étrangère. »*

De son côté, Camille témoigne à une servante son ressenti dès son retour dans la section.

— Ce fut une visite et une rencontre charmante. Par contre, elle reste toujours insensible à ma demande de me retirer de Montdevergues.

— Elle reviendra vous voir mademoiselle.

Appréciations et vécus contradictoires.

Cette période de l'année 1930 a une réelle importance pour la famille Claudel. Il est question de relever le prix des pensions. Cette mesure ne concerne pas la 4e classe mais s'impose du fait de pratiques frauduleuses de certaines familles dont les malades sont placées dans les autres classes. Le médecin de la section des femmes dresse au directeur un tableau demandant quelles sont ces nouvelles conditions financières s'appliquant notamment à Camille au regard de sa récente situation de placement.

Il indique notamment que « *le nombre des malades traitées est allé sans cesse en augmentant aux pensionnats des femmes et les pavillons qui sont affectés à cette catégorie de malades sont devenus insuffisants. Pour pallier à un encombrement qui rendait le service très difficile, nous avons dû aménager un pavillon d'indigentes, la 10e section femmes, dans lequel nous avons mis un certain nombre de pensionnaires choisies, de préférence parmi les malades chroniques. Ce pavillon dans lequel on installe une salle de bains et des water-closets, est bien exposé, il a une cour agréable. Les malades s'y trouveront dans des conditions d'hygiène sensiblement égales à celles qu'elles ont aux pensionnats.* »

Voilà donc le décor dans lequel Camille évolue. Un pavillon bien exposé, agrémenté d'une salle bain et de WC, doté d'une cour agréable.

La recherche du meilleur hébergement possible pour les aliénées est toujours une préoccupation pour l'hôpital au même titre que le besoin de logement pour le personnel. En sa séance du 3 septembre, la commission de surveillance aborde de nouveau le projet de construction d'habitations destinées aux agents. Ce vieux débat relégué aux oubliettes refait surface. La mise à disposition de terrains disponibles dans la propriété de l'asile en permettrait la réalisation.

L'intention est d'offrir plus de stabilité aux agents et leurs familles. Malgré le rejet du projet au niveau national, cela reste une affaire locale. Les éléments apportés en commission montrent que le processus est en route.

Pour finir la discussion, le directeur apporte une note de réjouissance : l'Assistance Publique Nationale invite l'établissement à participer à l'exposition coloniale internationale. Cela permettra à l'asile de mieux se faire connaitre.

— Vous comprendrez que notre présence à cette exposition répond à nos préoccupations concernant l'internement de plus en plus important des aliénés « indigènes » venus d'Algérie ou de Tunisie et par leur caractère dangereux. Je vous tiendrai informés ultérieurement des conditions de cette participation.

Les deux années qui vont suivre sont marquées par un certain nombre de transformations dans l'asile. L'ancienne cuisine est modifiée en salle de cinéma où sont envisagées, outre des séances cinématographiques, des représentations théâtrales. Le chauffage central, quant à lui, commence à être installé. Les médecins réclament encore et toujours des aménagements dans les pavillons et la construction de nouveaux bâtiments.

Le médecin de la section des femmes s'entretient de nouveau avec le directeur.

— La construction de nouveaux pavillons doit permettre d'espacer nos malades, ce qui sera un immense bienfait.

Le directeur en convient et dit percevoir les difficultés que génère cette surpopulation dans les sections. Le médecin insiste sur le fait qu'il faut dépasser le stade du constat. Son analyse est étonnante, considérant qu'il y a, certes, des inconvénients à mêler les individus, mais aussi à mêler les civilisations et les races. Devant la stupéfaction du directeur, le médecin affirme que les malades de la Seine et de l'Algérie ont contribué à augmenter l'élément exotique dans les sections et que cette présence est un élément de trouble. De plus, il estime que les malades de la Seine, quand elles sont d'origine européennes, sont habituées à un standard de vie plus élevé que celui des malades de la région. Il va jusqu'à prétendre qu'elles apportent un esprit de mécontentement et de révolte déplorable. Le directeur rappelle que, pour un bon gestionnaire, il est impossible de s'opposer au recrutement de ces malades qui sont bénéfiques pour les finances de l'établissement.

— Si l'administration désire conserver et étendre sa clientèle de la Seine et de l'Algérie, soit ! Mais il serait bon de soigner les malades de ces départements dans des locaux séparés et de créer un nouveau service complet et autonome.

— Cela ne me paraît pas être dans les projets de la préfecture et du conseil général pour l'instant.

— Sachez et faites savoir qu'en l'état actuel, la responsabilité médicale est étendue à un tel point que l'activité du médecin est menacée de rester stérile.

— J'en prends bonne note et le ferai connaitre au plus vite.

Celui-là qui est le plus fort en Europe,
c'est lui qui a le plus besoin
de l'Italie et de qui l'Italie a besoin.
Paul Claudel, *Le Soulier de satin*

XIII

12 septembre 1932. Deux ans se sont écoulés depuis la dernière visite de Paul.

Il aperçoit sa sœur dans la cour. Elle n'est pas assise sur sa chaise, elle est affaissée sur un banc, sans énergie, amaigrie et le regard au loin. Mais que faire ? C'est la question que Paul se pose en s'approchant. Il est inquiet par l'évidence d'un climat agité dans ce quartier nourri par les cris et les déplacements de toutes les aliénées si nombreuses dans ce lieu fermé.

Camille poursuit sa quête.

— Sors-moi d'ici Paul, mon petit Paul !

— C'est toi qui veux rester dans cette 10e section.

Paul envisageait de la placer à nouveau au pensionnat malgré le vœu de sa sœur, et voulait s'en entretenir avec le directeur, malheureusement mort la veille de sa visite.

— Ne me quitte pas…

— Camille, pourquoi m'as-tu écrit que ce sera ton dernier hiver ? Pourquoi as-tu évoqué ton enterrement ?

La relation de Paul à sa sœur est toujours aussi surprenante. Ce frère qui fait preuve de douceur, demeure insensible à sa voix, à ses regards, à ses émotions. Impénétrable à ses appels, il est pourtant libéré de beaucoup de contraintes. L'écriture du *Soulier de satin* et du *Livre de Christophe Colomb* est terminée. Sur le plan diplomatique, il s'apprête à quitter Washington pour prendre le poste d'ambassadeur à Bruxelles.

Camille parle avec de plus en plus de difficulté, mais avec force et désespoir.

— Je suis en prison Paul. Et je me demande si tu comprends bien cela ? En prison avec des folles qui hurlent toute la journée, font des grimaces, sont incapables d'articuler trois mots sensés.

Paul la regarde et ne peut s'empêcher de voir arriver ses personnages de théâtre qui se débattent avec les mêmes interrogations.

Une première vague de l'oubli l'inonde.

— Pourtant, Paul, je suis innocente dans cette prison. Tu as beau regarder avec effroi le physique dans lequel je suis, vieille oui, sans dents oui, mais ce n'est pas de ça dont il est question.

Une deuxième vague l'emporte.

— On me traite comme une pestiférée, on a essayé de m'empoisonner et toi tu me parles de Dieu. Ton Dieu qui a pitié des affligés, ton Dieu qui est bon. Parle-moi de ton Dieu ! Qui laisse pourrir une innocente au fond de l'asile. Vieille, vieille, vieille ! Je ne sais pas ce qui me retient de...

Camille, désespérée, ne termine pas sa phrase remplie de haine, toujours pleine d'affection pour ce frère qui, pourtant, ne prie pas pour sa liberté.

La troisième vague l'aide à revenir dans l'oubli.

— Me demander de te haïr ? Je n'ai pas de Dieu, Paul, je te le concède, mais pour autant, est-ce que je mérite le sort que tu m'imposes ? Serais-je le diable ?

Elle n'ose pas lui crier comme le ferait la suppliciée dans l'arène, sur le point de se faire dévorer.

La quatrième vague l'oblige à affronter la décision de l'oubli.

— Comment fais-tu pour t'écarter de cette simple humanité à laquelle je t'invite ?

Camille reste digne. Paul reste stoïque face à ce long monologue, cette supplique.

— Je reçois des visites inattendues en ce moment. Comme celle de Chouchette, accompagnée de Roger et Pierre. Je retiens leurs noms, leurs regards, leurs affections avec un immense plaisir. La vieille folle, que tu me dis être, ne ressent pas moins, de ces rencontres, une très grande sensation de joie et de bonheur. Cette dernière m'a inondée de plaisir dans sa bienveillance.

Paul est impressionné par la lucidité de sa sœur mais il demeure dans sa prière intérieure et son enfermement, il entend sans surprise et sans effet les paroles de Camille.

— Paul, tu le sais, mon rêve serait de regagner tout de suite Villeneuve et de ne plus bouger, j'aimerais mieux une grange à Villeneuve qu'une place de première pensionnaire ici... Ce n'est pas sans regret que je te vois dépenser ton argent dans une maison d'aliénés. De l'argent qui pourrait m'être utile pour faire de belles œuvres et vivre agréablement ! Quel malheur ! J'en pleurerais. Quel bonheur si je pouvais me retrouver à Villeneuve. Ce joli... Ce joli Villeneuve qui n'a rien de pareil sur la terre !

Elle va longtemps encore déambuler dans les allées de Montdevergues, bordées de rosiers qui font l'objet de beaucoup d'attention. Mais le chemin qui permet de rejoindre le sommet de la colline lui sera de plus en plus pénible.

Ces lieux sont propices à se laisser envahir par de nombreuses questions dans la solitude imposée. Camille comprend de plus en plus qu'aucune réponse ne lui sera donnée.

Et les appréciations de Paul sur sa sœur n'évoluent pas.

« Je vois une Camille terriblement vieille et pitoyable, avec sa bouche meublée de quelques affreux chicots. J'ai honte de moi-même de la voir si pauvre et moi dans l'opulence. »

Une jeune servante, restant à proximité, écoute avec discrétion et n'ose pas interpeller cet homme, maintenant connu. Cet homme, qui se recueille à chaque visite dans la chapelle, a demandé à la mère supérieure d'accompagner le plus souvent possible sa sœur dans la prière et de veiller au missel qu'il lui a confié. Mais les religieuses et les infirmières sont beaucoup moins disponibles dans cette 10e section, surmenées en raison de situations récurrentes d'agitation.

En revenant dans la cour, Camille aperçoit un attroupement. Il s'agit d'une délégation du conseil général de la Seine en visite dans l'asile. Cette délégation est menée par le président du conseil lui-même, accompagné par un ancien président du conseil municipal de Paris et de deux autres élus conseillers généraux. À l'ordre du jour de ce rendez-vous inhabituel, sont évoqués la construction d'un nouveau pavillon pour les malades de la Seine, son coût et les conséquences sur les prix de journée.

Au début de l'année 1933, un bilan médical de Camille est adressé à sa famille. Elle a été opérée en urgence d'une hernie épiploïque étranglée.

« Notre malade a bien supporté l'opération. Il y a tout lieu d'espérer qu'elle sera rétablie dans les limites normales. »

Tant
de gardiennes.
tant d'infirmieres
qui me gardent dans
l'ignorance. Mais que
signifie ce sang bleu
qui envahit mon
esprit ?
Rien n'est plus noir
que ces blanches
parures qui organisent
mon abandon.

Tant

de jardiniers.

Tant d'ingénieurs

qui ne gardent dans

l'ignorance. Mais que

signifie ce sang bleu

qui envahit mon

esprit ?

Rien n'est plus noir

que ces blanches

pensées qui organisent

mon abandon.

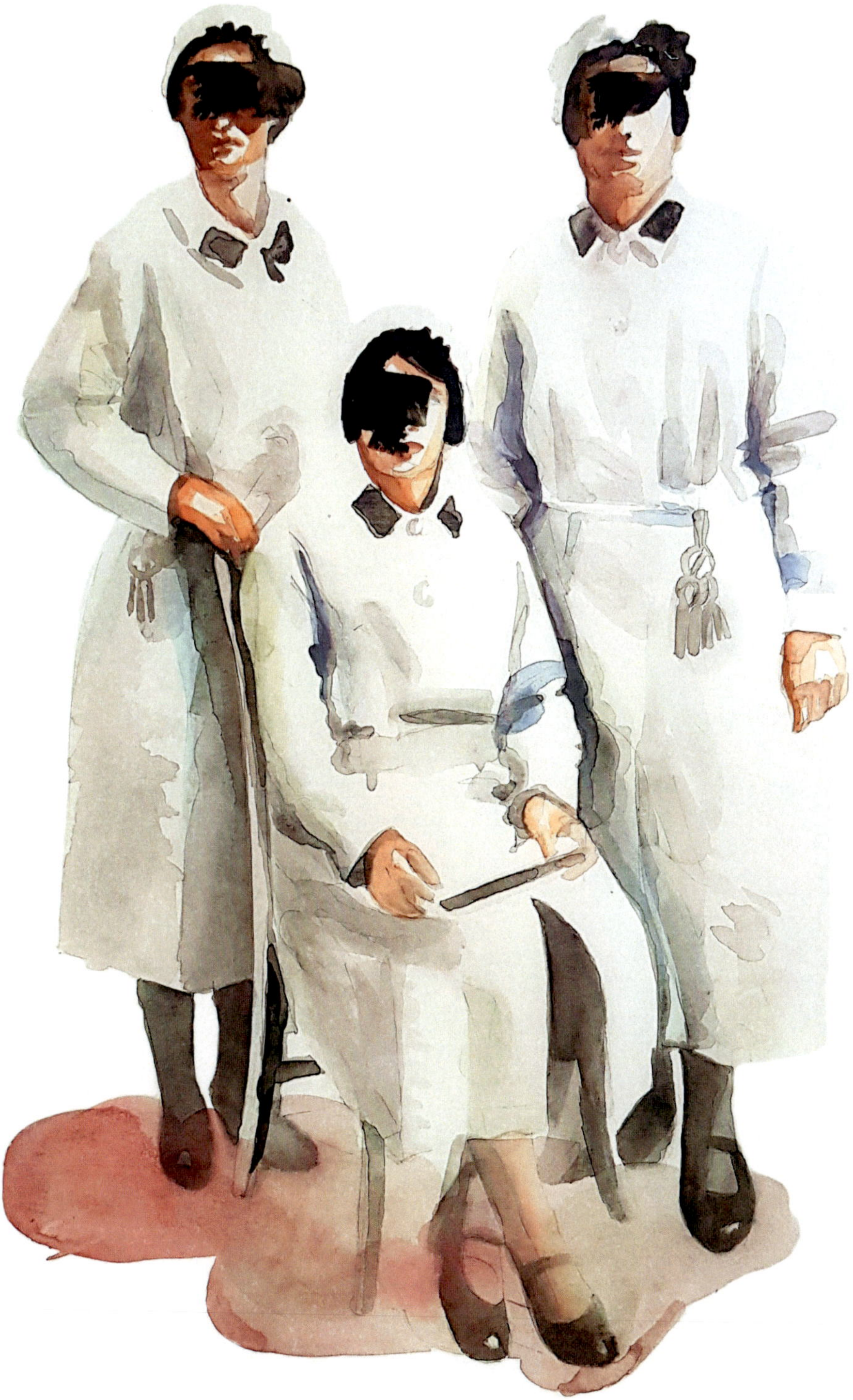

Illustration : © Carine Mériaux, 2022
Texte : André Castelli

Je suis une femme.
C'est moi qui devrais garder cette place perdue
entre la mer et le sable ?
Et cela aux côtés d'un traître
qui n'a désir que de vous outrager ?
Paul Claudel, *Le Soulier de satin*

XIV

Un affrontement familial persiste depuis deux ans entre Paul et sa sœur cadette, Louise de Massary, concernant la gestion des biens et des affaires de Camille. Ils communiquent entre eux par l'intermédiaire de l'administrateur judiciaire du tribunal civil de la Seine qui doit procéder à la constitution du conseil de famille, afin de préciser les conditions de prise en charge financière de Camille. Il faut payer les factures adressées par l'administration de Montdevergues. Les enjeux financiers suppléent ainsi toutes les demandes de l'aliénée. La lettre de l'administrateur adressé à Paul en atteste.

« Tout d'abord, je dois vous dire l'étonnement de votre neveu qui a constaté ne pas être dans la liste des membres du conseil de famille, comme il le demandait. Et face aux propositions faites, Paul Claudel, au nom de sa mère défunte, me déclare qu'il n'y a pas lieu de prendre des étrangers pour composer ce conseil, puisque dans la famille il y a des personnes alliées [...]. La famille de Massary désire que les titres appartenant à mademoiselle Claudel soient vendus, pour employer le produit en la souscription d'une rente viagère à la caisse nationale des retraites. Cette famille estime que mademoiselle Claudel est dans un très bon état de santé physique ; si on prélève chaque année une portion de capital, il est à craindre que d'ici cinq ou six ans, il ne reste absolument rien, et vous serez obligé de la placer chez les indigents, alors qu'avec la rente viagère, on s'assure pour toute la vie de mademoiselle Claudel. »

Paul Claudel conteste le fait qu'une personne extérieure et à l'abri de tout recours puisse s'attribuer le droit de discuter de la situation de sa sœur et il fait donc connaitre son point de vue à l'administrateur.

« Je ne vois donc pas de quel droit mon neveu et sa femme s'immiscent dans une question dont ils se sont désintéressés et qui ne les concerne en rien. Ma sœur a 68 ans, je la visite chaque année et eux ne l'ont jamais

fait qu'une seule fois en 20 ans. Je suis le mieux à même que quiconque à rendre compte de sa santé. Avec son état improbable, elle n'a pas 10 ou 12 ans à vivre ; elle ne parviendra pas à l'âge de 80 ans. »

Paul Claudel donne des consignes à son représentant au conseil de famille en ce sens. Pourtant, réuni le 21 février 1933, le conseil retient la proposition de la rente viagère portée par le fils de Louise.

Le 7 septembre 1934 est la date anniversaire des vingt ans d'internement de Camille à Montdevergues. La visite de Paul Claudel est muette.

Il note : « *Avignon, voir Camille avec Henri.* »

L'absence de commentaires sur cette visite est un vide qui résonne face à cette lutte effrénée à laquelle Camille se livre depuis toutes ces années.

Paul vient d'être nommé à Bruxelles. À l'aune de la fin de sa carrière diplomatique, il acquiert un magnifique château à Brangues, en Isère, pour s'y installer définitivement. Il est de plus en plus engagé dans la création littéraire. Des œuvres majeures ont déjà été publiées. D'autres sont à venir.

Il entretient en outre, depuis quelques années, des rapports amicaux avec le docteur et écrivain Alexis Carrel. Leurs analyses convergent quant à la place et au devenir de l'homme dans la société et l'importance que l'âme soit préservée. Alexis Carrel achève l'écriture de *L'homme, cet inconnu*, essai dans lequel il développe sa pensée. Il rédige l'avant-propos de la version américaine, sa philosophie étant très appréciée sur le nouveau continent.

Alors ambassadeur aux États-Unis, Paul Claudel avait rencontré Alexis Carrel à l'occasion de l'attribution du prix Nordhoff-Jung que ce dernier a reçu en 1931. C'est l'ambassadeur d'Allemagne Friedrich Won Prittwitz[11] qui avait officié pour cette importante cérémonie. Paul Claudel reçoit le docteur Carrel le lendemain à l'Ambassade de France.

C'est le début d'une relation épistolaire.

Dans une correspondance adressée au diplomate, le 3 avril 1933, le médecin estime que celui-ci représente la pensée française dans toute sa profondeur et sa beauté. La réponse de Paul est plus qu'élogieuse.

> *« Mes trop rares contacts avec vous m'ont donné la plus grande admiration pour votre vaste esprit et pour l'âme juste et lumineuse qui en dirige toutes les démarches. »*

Une nouvelle rencontre entre les deux hommes a lieu à l'Institut Rockefeller. Alexis Carrel fait part à Paul Claudel de ses théories sur l'homme, sur la race supérieure et la pureté de l'âme, à l'heure où le

[11] Ambassadeur proche des démocrates allemands. Porteur d'une idée de la diplomatie comme devant être l'action pour la paix mondiale. En retraite en 1933, il sera présent et actif dans les réseaux sociaux-démocrates allemands.

monde est en proie à une grande effervescence alors que le IIIe Reich prépare la mise en œuvre de son plan Aktion T4. L'élaboration de ce plan demande la mobilisation de nombreux scientifiques et médecins.

Au sein de l'asile, les préoccupations sont très différentes. Des cours facultatifs d'infirmiers et infirmières sont organisés pour se doter de futurs chefs et sous-chefs de quartiers. Le projet de réalisation de sept installations de chauffage central dans cinq sections et les deux infirmeries est impulsé. Toutefois, l'évènement majeur de cette période est sûrement celui de la laïcisation complète de l'asile.

Deux ans auparavant, le personnel religieux avait présenté des revendications assez inattendues. Madame la supérieure générale des sœurs de St-Charles de Lyon avait transmis par courrier une liste de doléances relatives au recrutement et à l'organisation du travail de tout le personnel féminin de l'asile, y compris le personnel non religieux. Le conseil de surveillance avait donné une suite négative à ces réclamations et rappelé les termes du contrat d'origine selon lequel les sœurs étaient tenues de se conformer aux lois, décrets, ordonnances et règlements qui régissent l'asile. Et ce, d'autant plus que le mouvement social et syndical revendique un statut pour le personnel féminin en dehors de l'engagement religieux.

L'assemblée départementale ne va pas échapper à la controverse. Les élus en appellent à l'arbitrage du préfet. Très vite, le ton monte dans le débat porté par un élu qui considère qu'en cette affaire, il est sûr que le personnel secondaire de Montdevergues se laisse quelquefois influencer par des personnes de l'extérieur, ne faisant pas partie du personnel et dont le discours est à dessein politique. Il souhaite que le syndicat se sépare de ces individus et qu'il ne s'occupe que des intérêts corporatifs, à l'exclusion de toute manœuvre politicienne. Une joute oratoire s'engage entre les élus. Un représentant rappelle qu'il ne s'agit ni d'une réunion publique ni d'un débat politique contradictoire. Il demande tout simplement une clarification sur l'égalité de recrutement du personnel féminin par rapport au personnel masculin.

Il reste néanmoins la question de la laïcisation de l'établissement, le personnel étant toujours placé sous l'autorité des religieuses, cheffes de service. Or, le pouvoir de nomination du directeur n'existe pas pour les religieuses dans le contrat qui lie l'asile à la communauté.

Les discussions sur ce sujet vont bon train et la révélation de nombreux désaccords dans la gestion de la vie quotidienne des malades comme celle des agents amène madame la supérieure générale de la congrégation des sœurs de St-Charles à la dénonciation du contrat le 28 avril 1934. Conformément aux termes de ce contrat, la rupture prendra effet fin août 1934.

Le préfet informe le conseil général et la commission de son intention de tempérer cette décision. Il approuve néanmoins le nouveau tableau des effectifs laïcs. Cela représente le recrutement de près de deux cents agents supplémentaires.

La laïcisation de l'ensemble de l'établissement est en marche.

Tu n'es que la **lumière** éteinte de ma vie mais

je saurais te taire

et te jeter dans l'ombre de mon **rayon.**

Tout est arrivé au port, mais ce n'est pas sur

cette rive que je t'espérais.

Je me suis laissé envahir par toi et tu n'as

pourtant qu'un regard de v i e i l l e qui n'honore

pas mon visage si beau.

Il n'y a pire héroïne que cette enfermée qui

ne découvre rien.

Coupable **innocence** de ma vie où se partage

l'appel d'une route tracée de l'inutile.

Dans le gouffre du génie, tu vas donc vivre

dans l'**injustice** qui me touche,

chercher la lumière noire que je ne te

donne pas.

André C.

Cher Paul

..i 3 Mars, c'est l'an..

..e mon enlèvement

..i cela fait 17 ans que

..marchands d'objets d'..

..faire pénitence dans

..énés. Après s'être ..

..uvre de toute ma vi..

..t de B. pour exécut..

..rojet ils me font fa..

prison qu'ils aura..

Cher Paul

…r 3 Mars, c'est l'an…

…e mon enlèvement…

…cela fait 17 ans que…

…marchands d'objets d'a…

…faire pénitence Dom…

…nées. Après avoir été…

…me de toute ma v…

…t de B. pour exécu…

…sujet il me fait…

…prison…

Texte : Camille Claudel, extrait de lettre.

Elles n'auront qu'à choisir, ou autrement j'ai choisi pour elles, moi, le cloître qui les attend.
Paul Claudel, *Le Soulier de satin*

XV

Paul Claudel fait le trajet en automobile vers le Sud, avec son fils Henri. Ce 17 juillet 1935 est lumineux. Les deux voyageurs découvrent l'hôtel luxueux dans lequel ils vont séjourner, dans les bois de Villeneuve-lès-Avignon.

La visite à Camille va être aussi brève que les précédentes mais n'amènera cette fois-ci aucun commentaire.

Quelques mois plus tard, le 12 novembre 1935, Paul reprend contact par courrier avec Alexis Carrel. Il l'informe qu'il a bien reçu son livre intitulé *L'homme, cet inconnu*.

« Mon cher docteur,
La librairie Plon vient de m'envoyer votre livre avec la dédicace qui m'a fait un très grand plaisir. Mais je n'avais pas attendu cet envoi pour le lire et pour le méditer. J'ai même fait du rôle constructif du sang le thème d'un grand discours que je prononce le 27 à l'Institut catholique et que je vous enverrai. Toute la partie scientifque de l'ouvrage me paraît saisissante et d'un immense intérêt. De même tout ce que vous dites sur le rôle abrutissant et abâtardissant de la civilisation moderne. Il est trop vrai. »

Les deux hommes se sont engagés dans une relation où se conjuguent mysticisme et matérialisme scientifique. Un échange dans lequel le docteur en sciences humaines et l'ambassadeur de France s'interpellent, avec l'ambition d'ouvrir un chemin dans l'océan de leurs idées. Un océan d'écriture composé de fonds philosophiques sur la nature et la vie.

Le discours inaugural de la cérémonie du soixantenaire de la création de l'Institut Catholique de Paris est confié à Paul Claudel. Il semble imprégné autant par les énergies de son œuvre théâtrale que par celles que lui procurent les travaux d'Alexis Carrel.

Des extraits du *Soulier de satin* hantent son esprit. Il voit les douze vaisseaux, imaginés dans sa pièce, accoster sur les rives de sa conscience. Il entend alors résonner les paroles de Don Rodrigue.

« Et moi, je le vois rouge, un rouge passé presque jaune. Et en dessous, un évangéliste en plein vent, Saint Luc, en train de travailler à ses écritures. C'est une petite rue d'Avignon, le long du palais des Papes, et en dessus, en plein azur, bien haut, il y a un arc-boutant tout blanc (faites-le rose pour qu'il ait l'air plus blanc) d'un élan, d'une allégresse inouïe ![12] »

Le rideau vient de se lever. Les deux personnages, fort éloignés l'un de l'autre, vont discourir et entretenir leur dramatique dialogue. Ils échangent sur cette berge d'une terre éclatée au milieu de l'immense océan[13].

— Sachez, mon cher docteur, que j'ai même fait du rôle constructif du sang, le thème de ce grand discours que je viens de prononcer à l'Institut catholique. Dans ce discours, effectivement, j'ai cité à plusieurs reprises vos travaux.

— Mon cher ambassadeur, vous avez donc noté dans mon livre que je déclarais qu'aux États-Unis, le tiers supérieur se reproduit beaucoup moins rapidement que le tiers inférieur. L'Europe et les États-Unis subissent donc un affaiblissement qualitatif aussi bien que quantitatif. Au contraire, les races africaines et

[12] Paul Claudel, *Le Soulier de satin*.

[13] De 1931 à 1941 Alexis Carrel et Paul Claudel se sont rencontrés à plusieurs reprises et ont échangé quelques lettres, quatre au total entre 1933 et 1935. Retranscrites par Alain Drouard, ces correspondances conservées à Washington à l'université de Georgetown dans le Fonds Carrel, sont ici adaptées, bien que fidèles, pour le besoin du récit.

asiatiques, telles que les Arabes, les Indiens, les Russes s'accroissent avec une grande rapidité. La civilisation occidentale ne s'est jamais trouvée en aussi grand péril qu'aujourd'hui. Même si elle évite le suicide par la guerre, elle s'achemine vers la dégénérescence grâce à la stérilité des groupes humains les plus forts et les plus intelligents.

— Mon cher docteur, dans ce moment de célébration solennelle, il me paraît important de vous dire que là où je cesse d'être d'accord avec vous, c'est sur la partie thérapeutique de votre réflexion. Je ne crois pas qu'il soit possible de rebâtir l'homme, corps et âme, avec des moyens purement physiques et rationnels.

— Mais mon cher ambassadeur, en Allemagne, le gouvernement a pris des mesures énergiques contre l'augmentation des minorités, des aliénés, des criminels. La situation idéale serait que chaque individu de cette sorte soit éliminé quand il s'est montré dangereux.

Sait-il que la sœur de Paul Claudel est une aliénée ?

Les deux personnages lèvent la voix. Les projecteurs passent de l'un à l'autre. L'atmosphère est lourde de ce silence qui envahit la scène. Il n'y a pas d'autre décor que l'oppression qui s'exerce sur les spectateurs. Ils ne savent plus si le temps doit être celui du recueillement ou de l'effroi. Ces mêmes spectateurs assistent à une pluie d'écriture qui transforme la scène en un océan tumultueux. Des murmures d'inquiétudes résonnent tels des appels pour ne pas sombrer dans la tempête qui s'annonce. Ces messages de désespoir sont devenus le décor d'une tragédie du réel.

— Même si j'entends ce que vous me dites mon cher docteur, pour moi ce qui est vrai d'un catholique l'est encore plus d'un catholique français qui a pour ainsi dire la construction dans le sang ; pour le décrier, ses ennemis ont été obligés de prendre le titre de francs-maçons, tristement affranchis des lois du fil à plomb et de l'équerre.

— Mon cher Paul, les sexes doivent de nouveau être nettement définis. Il importe que chaque individu soit, sans équivoque, mâle ou femelle. Que son éducation lui interdise de manifester les tendances sexuelles, les caractères mentaux et les ambitions du sexe opposé.

A-t-il connaissance du passé de la sœur de Paul ?

— Mon cher Alexis, je me dois de vous faire connaitre et vous avouer que dans la fondation de la foi et de la doctrine qu'est l'Institut Catholique de Paris, il y a eu du sang versé, non pas le sang des béliers et des génisses comme jadis, mais le sang des cent-vingt prêtres égorgés en septembre 1792 par les hordes de Maillard[14].

[14] Stanislas-Marie Maillard dit « Tape-Dur » (1763-1794), est un révolutionnaire français.

— Mon cher Paul, il est tout de même nécessaire de faire un choix parmi la foule des hommes civilisés. Nous savons que la sélection naturelle n'a pas joué son rôle depuis longtemps. Que beaucoup d'individus ont été conservés grâce aux efforts de l'hygiène et de la médecine. Que leur multiplication a été nuisible à la race.

— Pouvez-vous me préciser votre pensée ?

Ils se rapprochent, à presque se toucher.

« Tous les fils qui me rattachent à toi, je les enroule en tournant sur moi comme sur une bobine, tu viens, je te rapproche, je te raccourcis en tournant sur moi comme un petit canon, en tournant comme la corde sur le treuil qui arrache l'ancre d'entre les racines.[15] »

— Il suffirait d'instaurer le conditionnement des criminels les moins dangereux par le fouet ou par quelque autre moyen plus scientifique, suivi d'un court séjour à l'hôpital et cela suffirait probablement à assurer l'ordre.

— Mais vous semblez avoir une idée supplémentaire !

Alexis Carrel fait face au public. Le vide du décor est rempli par cette certitude de révéler l'inconnu comme solution pour la beauté du monde.

— Oui, quant aux autres, ceux qui ont tué, qui ont volé à main armée, qui ont enlevé des enfants, qui ont

[15] Paul Claudel, *Le Soulier de satin.*

dépouillé les pauvres, qui ont gravement trompé la confiance du public, un établissement euthanasique, pourvu de gaz appropriés, permettrait d'en disposer de façon humaine et économique. Le même traitement ne serait-il pas applicable aux fous qui ont commis des actes criminels ? Il ne faut pas hésiter à ordonner la société moderne par rapport à l'individu sain.

Une pause est nécessaire pour conserver toute lucidité dans ce vacarme silencieux. La détermination de l'un à construire une pureté de la race ne peut échapper à l'entendement de l'autre. Dans cet insatiable échange, Paul a-t-il perçu sa sœur dans les nuages lents à s'écarter où l'on entrevoit le visage déformé d'une créature devenue *« encombrante »* selon les mots de son ami ?

Cette sœur qui lui a parlé de Dieu, même si elle l'a fait avec une définition loin de ses propres croyances.

Alexis Carrel fait un pas. Il étaye son propos.

— Sachez que je poursuis mon travail qui va prendre forme dans mes *Réflexions sur la conduite de la vie* et les lois fondamentales de la vie humaine. Paul, vous le savez, les hommes perdent le temps qu'ils ne passent pas à l'usine, à l'atelier, au magasin ou au bureau… à boire, à jouer aux cartes, à aller au cinéma, à danser, à lire des romans faits à leur image. Ils sont victimes à la fois de l'éducation et des habitudes de la vie moderne. J'ai inscrit cela dans un grand chapitre de ce prochain ouvrage.

Les murs de pierre, décor de ce théâtre épistolaire, s'embrasent d'une lumière de feu : nous sommes en enfer. Les deux hommes peuvent sentir leur respiration. Ils sont accolés l'un à l'autre.

— J'ose le proclamer : l'eugénisme est une vertu indispensable au salut de la civilisation occidentale.

« L'imagination, le sentiment, le nouveau, l'imprévu qui sort d'un esprit développé étant chose fermée pour eux, têtes bouchées, cerveaux obtus, éternellement fermés à la lumière, il leur faut quelqu'un pour la leur fournir. Ils le disaient "nous nous servons d'une hallucinée pour trouver nos sujets".[16] »

Les deux personnages quittent la scène. La cloche de la chapelle vient de sonner et fait vibrer les planches de la réalité asilaire, prise dans les murs de l'enfermement.

« Maintenant je n'ai plus rien à te dire sinon au revoir à Dieu. J'ai fini ma tâche avec toi. Au revoir, sœur chérie, dans la lumière éternelle ![17] »

[16] Alexis Carrel, *Réflexions sur la conduite de la vie.*
[17] Paul Claudel, *Le Soulier de satin.*

Les conditions de vie des *gens qui dérangent* sont de plus en plus dures. Dans la salle commune, tout débat rationnel est impossible.

Camille ne peut hurler. Elle se remet à écrire pour partager ses cris de douleur.

La servante qui l'accompagne l'écoute lire ses tristes missives dont plusieurs centaines n'atteindront jamais leur destinataire. Elle connait le diagnostic. La patiente est atteinte de délires paranoïaques. Mais elle entend chaque mot avec respect et interrogation. La folie de cette femme semble portée par des faits si réels.

— *« Il y en a au moins qui auraient la reconnaissance du ventre et qui sauraient donner quelques compensations à la pauvre femme qu'ils ont dépouillée de son génie : non ! Une maison d'aliénés ! Pas même le droit d'avoir un chez-moi ! Parce qu'il faut que je reste à leur discrétion ! C'est l'exploitation de la femme, l'écrasement de l'artiste à qui l'on veut faire suer jusqu'au sang… »*

La servante écoute, comprend. Elle perçoit la force de l'expression de cette femme criant son désarroi.

Camille continue sa lecture.

— *« Quant à moi, je suis tellement désolée de continuer à vivre ici que je ne me perçois plus comme une créature humaine. Je ne peux plus supporter les cris de toutes ces créatures, cela me tourne sur le cœur. Dieu ! Que je voudrais être à Villeneuve ! Je n'ai pas fait tout ce que j'ai fait pour finir ma vie gros numéro d'une maison de santé, j'ai mérité autre chose que cela que je sache. »*

— Mademoiselle, je fais en sorte que ce courrier à votre frère puisse partir dans les bonnes conditions, comme cela vous est dû.

On dit que les pierres mêmes crieront !
Est-ce au corps humain seulement
que vous refuserez son langage ?
Paul Claudel, *Le Soulier de satin*

XVI

Un an plus tard, Paul revient à Montdevergues avec son fils.

Ce mercredi 5 août 1936, Camille les reçoit avec plaisir et sagacité, dans un nouveau parloir. Elle a changé de section. C'est une pièce en rez-de-chaussée, austère et humide. Cette antichambre inconfortable est moins encombrée, moins bruyante que la salle de jour. Ce décor sordide est pourtant le quotidien oppressant de Camille.

Ils évoquent ensemble ce que Paul lui a annoncé dans sa lettre du 19 juillet.

— Judith Cladel a donc publié un livre sur Rodin. Paraît-il qu'elle parle de toi dans cet ouvrage !

Camille ne réagit pas. Elle ne se doute pas que la dramaturge a engagé une correspondance nourrie avec son entourage artistique pour l'écriture du livre. Judith Cladel s'interroge sur le rôle de Paul dans le mystère de la *Clotho*[18] disparue. Elle s'inquiète de tant de génie évanoui.

Camille repense au salon des femmes artistes modernes où elle a été mise à l'honneur[19]. Elle l'avait appris, par hasard, dans une lettre. Pourquoi son frère avait-il omis de le lui dire ? Paul veut-il la maintenir dans l'ignorance de ce qui pourrait la replonger dans la lumière de son passé ?

La visite se termine.

A l'hôpital, plus les semaines passent, plus les difficultés augmentent.

— Il faut que vous sachiez que nous avons des problèmes dans cet asile et je vous informe que cela pourrait être bien pire dans quelques temps.

La direction est désemparée.

— L'encombrement général qui subsiste, en particulier dans la division des femmes, malgré les travaux d'agrandissement de pavillons exécutés ces dernières années, provient de notre population de malades qui est en continuelle augmentation. Mais, pour faire face à notre mauvaise situation financière,

[18] Sculpture de Camille Claudel réalisée en marbre en 1897, disparue.

[19] Femmes artistes modernes, *Exposition de peintures, sculptures, arts décoratifs. 1934, du 24 mai au 10 juin*, Paris : F.A.M, la Maison de France.1934.

nous nous trouvons dans l'obligation de remettre à plus tard l'exécution de gros travaux de réfection, de modernisation, d'assainissement et d'agrandissement qui sont cependant si nécessaires.

Les médecins-chefs font les mêmes constats. Leurs rapports décrivent de nouvelles pratiques dans l'asile pour tenter de réduire le nombre de malades. Des pratiques d'ouverture vers l'extérieur, de visiteurs d'hygiène mentale, de placement familial ou de régime de liberté surveillée.

— Nous mettons également en place des traitements expérimentaux relatifs à l'épilepsie par l'Aparoxal[20] et par des injections d'air stérilisé dans le canal rachidien. Nous faisons également des essais prudents de la cure de sommeil prolongé et le traitement de la démence précoce par le coma insulinique. Nous envisageons de réelles améliorations avec ces dispositifs et peut-être même une diminution des effectifs !

Le froid et le Mistral ont pris d'assaut les pavillons. Une servante observe Camille de dos. Elle est attablée devant le petit bureau installé dans sa chambre. Elle écrit avec difficulté.

— Mademoiselle, voulez-vous que je relise votre lettre ?

— Vous savez lire ?

L'air facétieux de Camille fait sourire la servante qui parcourt la lettre d'un regard triste.

[20] Barbiturique anticonvulsivant utilisé dans le traitement de l'épilepsie dès 1912.

Elle commence sa lecture à haute voix.

— « *J'ai beaucoup tardé à t'écrire car il a fait tellement froid que je ne pouvais plus me tenir debout. Pour écrire, je ne puis me mettre dans la salle où se trouve tout le monde, où brûlote un méchant petit feu, c'est un vacarme de tous les diables. Je suis forcée de me mettre dans ma chambre au second où il fait tellement glacial que j'ai l'onglée, mes doigts tremblent et ne peuvent tenir la plume. Je ne me suis pas réchauffée de tout l'hiver, je suis glacée jusqu'aux os, coupée en deux par le froid. J'ai été enrhumée.* »

La servante fait une pause.

— Vous allez inquiéter votre famille en écrivant tout cela mademoiselle ! Elle poursuit néanmoins. « *Une de mes amies, une pauvre professeur du lycée Fénelon qui est venue s'échouer ici, a été trouvée morte de froid dans son lit. C'est épouvantable. Rien ne peut donner l'idée des froids de Montdevergues. Et ça dure sept mois au grand complet.* »

Camille reste attentive à la vie dans sa section tout en étant dans un profond décalage entre ce réel qui organise sa vie de tous les jours et la traduction mentale qu'elle en fait et qui l'accompagne dans une réelle pathologie délirante.

— « *Je suis perturbée par les tentatives d'un médecin de me remettre au goût de la sculpture. J'ai le sentiment qu'en réalité, on voudrait me forcer à faire cela et vu mon refus, on me fait toutes sortes d'ennuis.* »

La servante soupire. Elle doit servir les repas. Elle laisse Camille, figée. Une statue de plâtre enrubannée.

Au même moment, Paul Claudel poursuit ses échanges par courriers avec le directeur pour régler les questions pécuniaires relatives aux frais d'hospitalisation de Camille.

Au printemps 1937, la commission de surveillance propose, en application de dispositions législatives, que l'asile change de dénomination et devienne l'hôpital psychiatrique de Montfavet. Les élus du conseil général sont bien entendu sollicités pour adopter cette nouvelle appellation.

— Cette dénomination est une bonne chose pour les familles parce qu'entrer dans un asile d'aliénés constitue une déchéance.

— Sauf que, dans les familles, ce mot *psychiatrie* ne sera pas compris ! Un mot compris par les seuls docteurs alors que le grand public l'ignore....

— Appelez votre asile *établissement de soins pour maladies nerveuses* ce sera plus simple, voyons !

Un élu s'interroge et s'oppose à ce changement de nom relevant, que pour le malade, les termes psychiatrie ou maladie mentale n'ont aucune importance. Un de ses collègues estime, quant à lui, que le mot asile est un terme inexact et d'autant plus synonyme d'incarcération. Un autre considère, au contraire, que ce n'est pas qu'une bataille de mots et qu'il paraît essentiel d'élever le niveau culturel des masses ; ainsi, les gens comprendront vite le sens exact du mot psychiatrie et il y aura un intérêt certain pour les malades guéris de dire : *« je sors d'un hôpital psychiatrique »*.

— Je vous avoue mon incertitude. Pour moi, c'est Hippocrate qui me dit oui, mais Galien qui me dit non… Je suis bien pour les choses simples mais le mot asile effraie les familles et le mot psychiatrie ne sera pas compris.

Le préfet interrompt le débat.

— Je vous rappelle que la dénomination qui nous est soumise a été imposée par décret. C'est donc ce décret que nous devons appliquer dans notre département.

La séance est close.

L'hôpital psychiatrique de Montfavet est né.

Paul Claudel est loin de ces discussions. Sa nouvelle création, *Jeanne d'Arc au bûcher*, est accueillie très favorablement. Il entre au conseil d'administration de la Société des Moteurs Gnome et Rhône, grâce à la bienveillance de son directeur, Paul-Louis Weiller[21].

Paul ne manquera pas d'observateurs pour noter que ce poste est richement rémunéré. Il ne s'émeut pas de ces critiques.

[21] Mécène et protecteur de nombreux artistes contemporains (Jean Cocteau, Paul Valéry ou André Malraux). Étant juif, il sera écarté de la direction de l'entreprise dès 1940. Cette entreprise de mécanique participera à l'effort de guerre allemand.

Entre dénomination et laïcisation, que sait Paul de la vie de l'hôpital ? De la vie de Camille ?

Le départ des religieuses de Montdevergues, acté en 1934, s'effectue de façon définitive le 20 février 1938. Une réorganisation complète de l'hôpital s'impose.

L'hémicycle du conseil général s'anime de nouveau.

— Le secrétaire général du syndicat a signé un article sur la laïcisation de l'hôpital. Et son article a pesé sur la décision prise par le personnel religieux. Le syndicat estime par exemple que trente infirmières laïques suffiraient pour remplacer les quarante religieuses, lesquelles ne réalisent jamais les huit heures de travail effectif par jour, se bornant le plus souvent à donner quelques ordres au cours de très rares visites dans les différents quartiers.

— Et vous en concluez quoi ?

— Le syndicat estime que la laïcisation du personnel ne créerait aucune désorganisation et ne produirait aucune augmentation du prix de journée et même ce serait une source de revenus nouveaux. Cela contrairement aux projets de la direction.

— Est-ce vrai ?

— En fait, je n'y comprends plus rien. Qui de la direction ou du syndicat dit vrai ? Je demande des éclaircissements, car, en cette époque, nous n'avons besoin que de vérité ; les bourrages de crâne ne sont plus permis. Il s'agit d'une question à la fois morale et pécuniaire.

— Non mais vous savez que s'il s'agit de la laïcisation, nous avons résisté. Vous connaissez notre point de vue personnel. En commission de surveillance, il a bien été dit par un personnage du syndicat que la laïcisation amènerait des économies mais cela a bien fait rire le directeur qui lui a dit qu'il n'avait aucune notion des finances publiques.

— Bien sûr que nous savons, nous, que la laïcisation de Montdevergues va coûter fort cher au département.

— Les chiffres annoncés et comparés nous interpellent, soit, mais j'en arrive au fond de la question : qui connait le contrat qui liait les religieuses à l'asile ? Le précédent préfet nous avait dit : *« Cela ne vous regarde pas ! »*. Ainsi, pas de doute : l'administration est dans l'embarras face à nos questions.

— J'en suis tout ennuyé... je le reconnais.

— Il n'y a rien à cacher, je vous ai déjà rapporté tous les éléments. On a paru croire que c'était à la suite de l'action du syndicat que les religieuses sont parties. Il n'en est rien ! Les religieuses ont obéi à un ordre supérieur. L'une d'entre elles était à l'asile depuis cinquante-sept ans, dix autres depuis vingt-cinq à trente ans. Leur départ n'est pas rien.

— Une chose apparaît : le prix de journée, suite à leur départ, va augmenter d'un franc et quarante centimes. La main-d'œuvre religieuse était donc plus économique.

Mais le départ des religieuses n'est pas la seule inquiétude en cette année 1938. Le conseil général est préoccupé par la sécurité des frontières françaises, la guerre civile gronde en Espagne. La situation est critique. L'étau se resserre. Dans un silence embarrassé, un élu prend la parole.

— Je soutiens la politique de non-intervention, mais ne peut-on pas instaurer la liberté de commerce avec l'Espagne républicaine et prendre des dispositions pour assurer l'évacuation des femmes et des enfants fuyant l'intervention italo-allemande ? Depuis ce mois de juin, des dizaines d'enfants espagnols sont accueillis dans la quasi-totalité des villes et villages de notre département.

Un autre élu intervient.

— Il y a actuellement en Espagne une intervention massive des Italiens et des Allemands ; c'est grâce à cela que Franco pourra assurer sa victoire. Lorsque Mussolini aura établi sa domination sur les républicains espagnols et que la volonté fasciste aura asservi l'Espagne, il retirera ses troupes. La conquête de Barcelone est un avertissement envers la France parce que la victoire de Franco n'est pas la sienne mais celle du fascisme. Les revendications et les insolences sans nom venant de l'Italie et de l'Allemagne sont l'application méthodique du *Mein Kampf* d'Hitler.

Ce débat ne sera pas suivi d'effet.

Dans les semaines qui suivent, la guerre est déclarée. La vie à l'hôpital va emprunter les chemins de l'horreur. Les services entrent très vite dans un processus de rationnement imposé dans tous les domaines : diminution voire suppression des rations alimentaires pour les malades, restrictions dans la qualité des soins, hébergement inadéquat, chauffage aléatoire.

Le conseil général est supprimé. La nouvelle organisation vichyste de la préfecture du Vaucluse provoque une modification de la commission de surveillance de l'hôpital. La situation s'aggrave également du fait de l'obligation d'accueillir des malades d'autres départements sans que des moyens supplémentaires compensatoires soient donnés.

Les signes d'une hécatombe à Montdevergues ne tardent pas à se manifester. Les malades meurent de faim, de froid, de manque de soins. Cet abandon à la mort laisse insensible maints représentants de la préfecture, siégeant désormais au sein de la commission de surveillance de l'hôpital. Les appels des médecins, du directeur et de l'économe résonnent dans le vide administratif et politique. Les exposés ne laissent pourtant aucun doute sur le drame qui se joue, mais il semble que le processus de destruction d'une partie de l'humanité s'étend comme une gangrène.

Durant la guerre d'Espagne, Paul Claudel apporte son soutien à Franco et aux franquistes. Il se dit moins soucieux du danger de l'Allemagne nazie que de la puissante Russie, laquelle représente une *« infâme canaille communiste ».*

Le plan Aktion T4 du IIIe Reich extermine les personnes handicapées non conformes aux normes fondées sur les études de la race pure. Ce plan met en œuvre cet eugénisme considéré comme une *« opération de biologie appliquée »* par le régime nazi[22]. Toutes les dispositions ont été prises pour réaliser une traque minutieuse des *« inutiles, des encombrants et des nuisibles »* mettant en danger la qualité de la race aryenne. Les conditions de l'extermination pour *« le salut de la civilisation occidentale »* ont été établies. Le programme lance la construction de lieux dotés de gaz appropriés, tels que les a définis Alexis Carrel, dans six centres de mise à mort en Allemagne et en Autriche[23].

Que pense Paul de la mise en œuvre des idées du docteur Carrel ? Camille, sa sœur... encombrante et nuisible ? Il ne voit pas les mouvements produits par la tempête qui frappe l'asile.

[22] Entre 1939 et 1941, environ 80 000 personnes handicapées ont été exterminées en Allemagne et en Autriche.

[23] Ce sont les voix de l'Église catholique allemande qui vont s'élever pour mettre fin à ce plan Aktion T4. Celui-ci se poursuivra néanmoins dans d'autres camps de la mort dans les années qui vont suivre.

Aucune Marie jamais
ne fut si belle et si touchante,
c'est ainsi que j'aime à me la représenter.
Paul Claudel, *Le Soulier de satin*

XVII

La première médecin-cheffe de l'hôpital arrive le 10 octobre 1940. La doctoresse Marie Francès franchit le portail, accompagnée de ses deux enfants. Dans la tourmente qui gronde déjà, elle s'installe dans la maison qu'occupait le précédent médecin-chef parti en retraite.

Son intégration est rapide. Elle décide de se rendre à la 10e section des femmes où sont hébergées de nombreuses pensionnaires. L'infirmière du service entre dans le pavillon avec cette jeune femme que personne ne connaît. Sous le regard curieux des soignantes et des malades, elles traversent la salle commune. Elles s'arrêtent devant une vieille dame assise, calme.

— Mademoiselle Claudel, je vous présente notre toute nouvelle doctoresse médecin-cheffe qui remplace l'ancien docteur.

Installée sur un banc inconfortable, Camille lève péniblement les yeux vers cette nouvelle venue.

— Bonjour Mademoiselle Claudel. Je suis arrivée depuis peu dans l'hôpital. Je tenais à venir vous voir, non seulement parce que je sais combien le moment est difficile mais parce que je connais une partie de votre histoire. Je sais le beau parcours d'artiste qui a été le vôtre.

Camille devient plus attentive.

— Qui êtes-vous mon enfant ?

La médecin-cheffe lui explique qu'elle vient d'être nommée et répond à sa question.

— Vous avez raison, je suis une jeune médecin, je n'ai que trente-six ans. Mais je suis dans la profession depuis déjà quelques années.

Camille la regarde avec une plus grande attention. La médecin note l'attitude prostrée de cette femme dont elle avait une idée à l'opposé de ce qu'elle voit. Elle se souvient. Elle s'était rendue au salon des femmes artistes, à Paris, en 1934. Elle se remémore les mouvements de *La valse* et d'une autre œuvre en particulier. Elle s'intitulait *L'Abandonnée*[24]. Triste présage. Marie Francès est intriguée par cette rencontre.

[24] *L'Abandonnée* N°47 (appartenant à M. Louis Bernard), oeuvre de Camille Claudel exposée lors du Salon des femmes artistes modernes, du 24 mai au 10 juin 1934.

L'infirmière se rapproche spontanément. Elle ignore l'histoire réelle de cette malade toujours à l'écart et tellement différente des autres. La médecin ne connaît pas précisément la situation de Camille. Elle a parcouru les derniers bulletins de santé la concernant, mais leur contenu est si laconique qu'il n'est pas facile de porter une appréciation médicale bien fondée. Une chose est certaine, elle perçoit l'état d'affaiblissement de cette malade dont la condition physique ne correspond pas à l'idée qu'elle avait pu se faire.

— Jeune dame, mais que venez-vous faire ici ? Je suis bien trop fatiguée pour pouvoir m'entretenir avec vous. Je ne le fais avec personne d'ailleurs. Je voudrais seulement pouvoir rejoindre Villeneuve.

— Cela me paraît impossible pour l'heure. Je vous promets de venir vous voir régulièrement et nous examinerons ensemble votre situation.

Elle tient sa promesse et revient la voir avec l'aisance que lui confère une personnalité attentive, curieuse, déterminée et bienveillante. Elle constate également que les infirmières, auxquelles se sont jointes deux servantes, ont été très surprises par sa démarche. Elles ne savent pas que le 16 septembre 1940, quelques jours avant son arrivée ici, la médecin-cheffe avait reçu une note de nature à lui donner une réelle confiance dans son engagement professionnel. En effet, par courrier, le préfet de la Somme lui annonce qu'il a signalé au ministre de la famille et de la jeunesse sa belle conduite au cours des journées qui ont suivi l'occupation de la ville d'Amiens le 20 mai 1940. Il propose de la citer à l'ordre civil de la Nation.

Marie Francès demande à l'équipe qui l'entoure de lui présenter le pavillon. Elle constate un nombre important de malades déjà affaiblies et de personnes alitées dans un dortoir au premier étage. Elles redescendent dans la cour maintenant. Parmi le personnel qui l'entoure une servante ose l'interroger.

— Je vous ai vu hier, accompagnée de deux enfants devant votre maison. Ce sont les vôtres ?

— Oui, une fille et un garçon. Leur père est médecin en Algérie, c'est moi qui en ai la garde.

Dès qu'elle est arrivée à l'hôpital, elle a perçu cette tension générale dans laquelle évoluent les différents services et particulièrement celui dont elle a la charge. Elle décide donc de consigner ses observations dans son registre personnel[25].

— Je reviendrai demain mesdames.

Elle traverse la cour pour rejoindre les pensionnats dans lesquels la vie n'est pas plus paisible. La médecin-cheffe est de nouveau aux côtés de Camille qui rejoint la salle du rez-de-chaussée de plus en plus difficilement.

— Bonjour Mademoiselle Claudel. J'espère que vous avez passé une bonne nuit. J'ai vu que vous êtes

[25] Carnet aujourd'hui disparu.

ici depuis de nombreuses années, mais avez-vous poursuivi votre pratique de la sculpture ?

La médecin-cheffe oblige Camille à revenir sur ses heures de gloire passées. Elle pense ainsi lui redonner des énergies créatrices en la replongeant dans le souvenir de ces moments intenses où son travail lui permettait de franchir tous les obstacles.

— Je pense que c'est la première fois que l'on me pose ainsi la question, même si, il y a très longtemps, une gardienne voulait déjà m'y remettre ! Ne voyez-vous pas dans quel état on m'a mise ?

La médecin-cheffe constate que la patiente, certes affaiblie, fait preuve d'une grande sagacité.

— Vous auriez pu remettre vos mains dans la terre ou travailler quelques blocs de marbre ?

Camille regarde autour d'elle. Installée sur son banc, devant la porte du pavillon qui demeure fermée, elle scrute ce décor qui la hante.

— Que puis-je faire ? Personne ici ne sait et ma famille m'a tout interdit.

Elle tend péniblement ses bras implorants vers la médecin. Elle est très surprise de l'attention que lui porte cette jeune personne. Elles sont ailleurs, loin des autres malades du pavillon et des infirmières peu habituées à voir un médecin prendre ce temps. La jeune femme tente d'instaurer un climat de confiance.

Elle décide de lui raconter son aventure qui lui a valu les honneurs de la nation.

— Mademoiselle Claudel, il y a environ six mois, je me trouvais dans l'hôpital psychiatrique de Dury-lès-Amiens dans la Somme. J'y étais seule médecin-cheffe pour environ neuf cents malades, adultes et enfants. Le 20 mai 1940, je n'oublierai jamais cette date, la ville d'Amiens et ses alentours subissaient un bombardement sévère. Notre asile se trouvait dans une situation catastrophique. L'administration décida de quitter le navire. Pour ma part, je décidai de rester. Avec des agents, nous nous sommes organisés pour affronter une situation exceptionnelle. Nous avons navigué dans cette tempête meurtrière provoquée par les combats entre les forces allemandes et les forces françaises en restant dans l'asile. Au bout de quelques jours, manquant de vivres pour nos malades et face à des difficultés techniques, je me rendis à la Kommandantur pour exposer notre situation. Je ne fus pas mal reçue mais on m'informa que les troupes allemandes allaient occuper l'asile et que nous allions devoir tous partir. La Kommandantur m'indiqua que nous aurions à traverser la zone occupée munis de laissez-passer ainsi que des consignes strictes pour cette évacuation à pied et de nuit. Si nous ne respections pas ces consignes, ce serait le mitraillage. Le 30 mai, à 4 heures du matin, le cortège se mettait en route. J'étais seule pour organiser, guider, apaiser ce cortège de mille cinq cents mètres de longueur fait de sept cents aliénés valides suivis par des chariots remplis des autres malades impotents. J'avais décidé que chaque groupe serait guidé par un porteur de drapeau blanc fait avec un manche à balai et un morceau de drap. Nous avons croisé des habitants, des soldats. Tous étaient ébahis par cet exode d'aliénés en ordre de marche pour leur liberté. Arrivés auprès des troupes françaises, nous voilà transportés à Crèvecœur-le-Grand dans l'Oise. J'ai dirigé cette opération jusqu'à la gare de la ville pour que nos malades soient évacués dans six asiles de la zone libre.

Camille regarde au loin.

— Je viens de faire, à la demande du directeur de Montdevergues, un rapport qu'il doit faire suivre en vue d'une décoration future. Mais, voyez-vous, ce n'est pas la décoration qui m'intéresse. Ce qui m'intéresse, c'est la vie sauvée des malades.

Camille est restée à l'écoute de ce récit avec beaucoup d'attention. Elle n'avait plus ressenti, depuis longtemps, un tel moment d'évasion ainsi qu'une telle aptitude à décider de sa vie suivant ses convictions. Elle n'a pas pu dire à la médecin-cheffe, qu'elle avait aussi connu un transfert. Il y a si longtemps !

Et nous entendons
la trompette . dans le
rythme profond de
la grosse caisse et au son
angoissant du trombone joyeux.
Notre fanfare vent donner
une gaite impossible
a notre triste monde...

Texte : Chef de la fanfare de Montdevergues, extrait de lettre adressé au directeur.

Oui, tu es belle, ma pauvre enfant,
avec ces cheveux défaits, dans ce costume indécent,
Ces joues couvertes de terre et de sang,
et ce regard dans tes yeux
qui me fait mal de résolution et de folie !
Ah ! Tu me fais honneur et j'ai plaisir à montrer ainsi
ma pauvre petite sœur.
Si seulement il n'y avait personne pour nous voir !

Paul Claudel, *Le Soulier de satin*

XVIII

Paul Claudel n'a pas encore décidé de la date d'une prochaine visite à sa sœur. Il poursuit cette méditation que lui suggère sa créativité théâtrale.

De son côté, la commission de surveillance continue de se réunir tous les mois. Ses constats et ses alertes ne franchissent pas ou peu le portail de l'hôpital. Par contre, les ordres venant de l'extérieur entrent en force.

Très vite, il faut se conformer aux lois et à leurs modalités d'application pour le recensement des étrangers et des juifs dans l'établissement. Ces lois visent également la suppression des droits citoyens et politiques. Certains agents vont faire l'objet de mesures de révocation immédiate pour activité communiste.

En prévision du 1er mai 1941, une affichette arborant l'image du chef de l'État, Philippe Pétain, est distribuée dans tous les quartiers de l'hôpital. Elle annonce la *« Fête du travail et de la paix sociale »* sous la forme d'une matinée récréative *« offerte aux malades de l'établissement par la fanfare, le Réveil hospitalier de Montdevergues, sous la direction de Marcel Laty. »*

La paix sociale, qui doit rendre muette toute voix d'incompréhension sinon de réprobation, est une illusion visant à masquer les faits dramatiques qui se produisent dans l'hôpital.

Ainsi donc, ce 1er mai ne sera pas sous le signe de la paix pour quatre agents de l'hôpital, qui, dans la matinée, sont arrêtés et inculpés par les forces de police pour *activité communiste.* Cette atteinte aux droits citoyens, une première du genre à l'asile, va faire l'objet de nombreuses réunions de la commission de surveillance. Le 8 mai, l'un des agents est relâché. Les dossiers des trois autres vont poursuivre la route de l'indignité. Les avocats en défense demandent des éléments complémentaires concernant ces agents et alors que le directeur s'apprête à les communiquer, la préfecture exige que toute information positive ne soit pas divulguée. C'est ainsi que le préfet, par l'intermédiaire de sa 2e division et son 2e bureau, fera connaitre officiellement le 24 octobre 1941 *« la décision de révocation des trois employés [...] ayant été condamnés pour activité communiste le 25 septembre 1941 par le tribunal militaire de la 15e région militaire. »*

Ces trois agents sont donc révoqués et destitués de leurs droits sociaux sans recours possible rétroactivement à compter du 1er mai 1941. Plus exactement, le premier est condamné aux travaux forcés à perpétuité avec dégradation civique. Les deux autres à cinq ans de prison, une amende et l'interdiction de leurs droits civiques et familiaux : mille francs et cinq ans pour l'un, quatre mille francs et dix ans pour l'autre. Cette sanction fasciste leur sera lue lors d'une rencontre avec le directeur, dûment mandaté par le préfet.

Dans le même temps, Camille est dans un effondrement physique dramatique. Comme la plupart des établissements psychiatriques de France, Montdevergues vit un processus d'hécatombe d'une horreur sans précédent. Les médecins-chefs ne sont pas entendus par les chefs de service de la préfecture sur le drame dont ils sont témoins.

La mécanique de restriction tourne à plein régime de non-assistance à personnes en danger de mort. Tous les jours, toutes les semaines, tous les mois, le décompte des morts est tenu. Très vite, les lieux d'inhumation sont emcombrés, la fosse commune du cimetière de Montfavet devenant trop petite pour accueillir cette affluence macabre.

L'effroi règne lors de la réunion de la commission du 4 novembre 1941. Le directeur expose les faits.

— Je tiens à souligner le nombre important de décès en ce mois de novembre 1941. Il s'élève à 350 alors que l'année dernière, fin novembre également, il s'élevait à seulement 145. C'est une hécatombe inimaginable. Nous devons envisager de nouveaux carrés d'inhumation dans le cimetière pour nos malades morts.

Le représentant de la préfecture réagit.

— La ville d'Avignon a évoqué cela mais au regard du coût pour l'asile, le mieux serait sûrement de rechercher, dans son enceinte, un terrain susceptible de remplir les conditions.

Dans les jours qui suivent, un expert lyonnais est missionné pour ce projet. Sa conclusion est catégorique. La seule solution ne peut être qu'une extension du cimetière de Montfavet. Une procédure est alors engagée pour le transport des cercueils au cimetière de Saint-Véran d'Avignon, en attendant l'agrandissement de celui de Montfavet.

Camille est à la fois témoin et victime de cette horreur. Elle est très affaiblie comme le sont toutes les malades de sa section.

Le directeur demande au préfet de faire parvenir une nouvelle lettre au gouvernement de Vichy.

« Devant la carence des services d'intendance, en vue de remédier à la situation critique de l'hôpital de Montdevergues, l'urgence de l'approvisionnement demandé mérite d'autant plus d'être signalée que les malades sont très affectés par les restrictions sévères qui ont dû être apportées dans leur alimentation. Cela en raison des mesures générales de ravitaillement. C'est ainsi que la mortalité excessive de cette année, enregistrée plus spécialement durant les mois d'hiver, paraît surprendre avec une intensité accrue qui n'est pas sans inquiéter le service médical de l'établissement. »

Ce courrier reste lettre morte. À l'inverse, sourde aux besoins élémentaires des malades, la préfecture imposera l'installation de troupes allemandes au sein de l'hôpital, au détriment des pensionnaires. Camille fait partie de celles qui seront transférées et entassées dans des conditions terribles, d'un quartier à l'autre, pour laisser la place à l'occupant.

La commission de surveillance poursuit ses réunions, spectatrice du désastre. Elle s'évertue à témoigner auprès des représentants de la préfecture et n'a de cesse d'exiger des réponses aux courriers.

Le gouvernement de Vichy vient de nommer Alexis Carrel, régent de la Fondation pour l'étude des problèmes humains. L'ambition annoncée est la mise en œuvre des théories déployées dans son ouvrage

L'Homme, cet inconnu. Adhérent du Parti Populaire Français de Doriot[26], il est revenu en France quelques mois avant le début de la guerre. Il rencontre alors Pétain qui lui propose et lui confie cette mission de régent en novembre 1941. La Fondation ambitionne de rendre compte du *« composé humain associant l'âme et le corps »* ; cet amalgame qui avait laissé sceptique Paul Claudel. Elle a pour objet *« l'étude, sous tous ses aspects, des mesures les plus propres à sauvegarder, améliorer et développer la population française dans toutes ses activités. »*

La santé de Camille Claudel poursuit son déclin irréversible. Elle ne reçoit plus de nouvelles de sa famille depuis ces six dernières années. Elle a faim, elle a froid et se sent complètement abandonnée dans ce dortoir envahi par la mort.

Les médecins expriment toujours leur désarroi. Ils cherchent, avec les membres de l'administration, des solutions impossibles. Les relations avec la préfecture sont marquées par une intransigeance hors de tout regard d'humanité. Un propos tenu par un représentant du préfet est dramatiquement clair : *« Il y a des malades plus intéressants que les vôtres. »* Cette terrible réflexion ne peut être que le fruit d'une décision

[26] Parti d'inspiration fasciste et collaborationniste.

d'abandon des malades des asiles par un processus réfléchi et organisé. Il y a des malades dignes d'intérêt et il y a les autres, les inutiles et les nuisibles.

Camille est au cœur du massacre qui se poursuit.

Cette tragédie se déroule sous les yeux désespérés des médecins.

« C'est surtout la sous-alimentation qui est la cause primordiale de l'augmentation de la mortalité due d'abord aux nombreux cas de carence alimentaire, puis à la tuberculose pulmonaire en général rapidement évolutive, réalisant sur ce terrain éminemment favorable de la carence, des formes foudroyantes rappelant la phtysie galopante des vieux auteurs. »

En parallèle, la fameuse paix sociale, voulue par Vichy, continue d'œuvrer. Dans une réunion de la commission de surveillance de l'hôpital, le directeur rend compte des mesures de recensement prises en conformité avec les instructions préfectorales et en application des lois et décrets sur *« le statut de juifs et les employés d'ascendance étrangère »*.

Au niveau de la préfecture, l'ancien secrétaire du cabinet du préfet, avignonnais de longue date, se retrouve chef de la 1ère division, en charge des étrangers, des juifs et des affaires de police. Le 25 juin 1941, il a pour mission de recenser les juifs du département et de dresser la liste de celles et ceux qui exercent des professions interdites par les lois antisémites. De ce fait, il ordonne le dénombrement des personnes concernées à toutes les communes du Vaucluse et aux établissements sous responsabilité préfectorale. En sa qualité de représentant de la préfecture, il inscrit ce point à l'ordre du jour de la commission de surveillance.

— Je vous demande, en vue de permettre le contrôle des déclarations à venir, de bien vouloir dresser secrètement la liste de tous les juifs français et étrangers connus ou réputés juifs.

Le directeur fait état de ce recensement.

Il est ressorti qu'aucune déclaration reçue n'a révélé une ascendance juive parmi le personnel, prisonniers de guerre exceptés qui n'ont pu être touchés. Toutefois, vingt-quatre agents tombent sous le coup de ces dispositions légales pour activité communiste ; trois ont été déclarés démissionnaires d'office et seront rayés des cadres dès la fin décembre 1941.

Des recherches approfondies sont engagées sur d'autres agents, lesquels n'échapperont pas au processus mis en place par Vichy tout au long des mois qui vont suivre. La préfecture ordonne en parallèle un régime de suralimentation pour les premiers malades civils accueillis, une centaine d'hommes touchés par les premières restrictions. Les membres de la commission sont stupéfaits, cette mesure ayant une incidence directe sur la qualité et la quantité des repas distribués au sein de l'asile.

— Il en va de même pour les femmes et cela va entraîner la suppression du régime spécial pour tous les malades mentaux, y compris les tuberculeux évolutifs. Malgré toutes nos protestations écrites, il est impossible d'obtenir le rétablissement de ce régime qui, cependant, a été maintenu dans des établissements similaires voisins, Marseille par exemple.

— Nous vous le répétons Monsieur le préfet, la mortalité par carence et par tuberculose est nettement plus importante dans les hôpitaux psychiatriques publics que dans les hôpitaux psychiatriques privés qui peuvent se débrouiller plus facilement que nous.

De son côté, Paul Claudel est toujours peu convaincu par le danger que représenterait l'Allemagne nazie. En 1940, il a d'abord vu comme une délivrance les pleins pouvoirs conférés par l'Assemblée nationale[27] à Pétain. Il estime qu'une page s'ouvre sur un nouvel espoir et que *« la France est délivrée après soixante ans de joug du parti radical et anticatholique (professeurs, avocats, Juifs, francs-maçons). »*

[27] Regroupant le Sénat et la chambre des députés. Aujourd'hui appelé Parlement.

Il y a une chose plus triste à perdre que la vie,
c'est la raison de vivre ;
plus triste que de perdre ses biens,
c'est de perdre son espérance ;
plus amère que d'être déçu, et c'est d'être exaucé.
Paul Claudel, *L'Otage*

XIX

Camille erre de plus en plus dans ses rapports pathologiques à la nourriture. Elle est maintenant dans une phase dramatique de non-alimentation. Une phase d'effondrement que la médecin-cheffe décrit à Paul Claudel dans de nombreux courriers pour le convaincre de rendre visite à sa sœur.

En juillet 1942, Camille est alitée pour un œdème malléolaire en rapport avec la carence et le déséquilibre alimentaires. La doctoresse précise à Paul que Camille a bien reçu les vêtements qu'il lui a envoyés et qu'elle l'invite souvent à lui écrire, mais que la malade est désormais bien indifférente à prendre la plume.

En août 1942, elle informe de nouveau Paul de la gravité de la situation. L'état mental de sa sœur vient en effet légèrement de s'aggraver suite à l'installation progressive d'un syndrome d'affaiblissement intellectuel. Les idées délirantes anciennes se désagrègent et deviennent secondaires quoique peu modifiées dans leur thème. Mais son état physique fléchit nettement depuis les restrictions. Marie Francès note encore que Camille maigrit et a fait de l'entérite en début d'année.

Le 7 décembre 1942, la médecin renouvelle ses alertes, la santé de Camille devenant de plus en plus mauvaise comme pour la plupart des malades de l'hôpital. Etendue sur sa *brésolle*, elle est envahie par un épuisement annonciateur, définitivement alitée sur ce lit de paille mélangée à quelques feuilles de platanes, faute de matelas disponibles dans l'hôpital.

« Votre malade s'affaiblit physiquement. Elle présente un léger œdème des membres et s'alimente assez difficilement… Son état est susceptible d'aggravation. »

Paul Claudel assis à son bureau rédige des notes.

« Une lettre de Montdevergues m'avertit que ma pauvre sœur Camille va de plus en plus mal et me fait percevoir sa mort qui sera une délivrance. Trente ans de prison chez les fous, de 48 à 78 ans. »

De terribles images traversent-elles l'esprit de Paul ? Camille en prison. Pour quel crime ?

Le 11 décembre 1942, il écrit à son amie Marie Rolland et exprime son désarroi.

« Ma pauvre sœur est en train de mourir dans l'hôpital psychiatrique (Quel nom !) »

Ce *quel nom* s'abat tel un couperet sur l'indécence des mots « hôpital psychiatrique » tellement évocateurs de la folie.

« Elle y est enfermée depuis trente ans ! Le génie se paye. Quelle vie ! Quel drame ! Priez pour elle. »

Comment ose-t-il écrire cela ?

La commission de surveillance n'a pas le temps de prier. Elle s'évertue à alerter les services de la préfecture, interpelle le secrétaire d'état à la famille et à la santé à Vichy, le secrétaire général de la santé à Marseille et le secrétaire d'état aux ravitaillements. En vain. Même les solutions d'approvisionnement que l'établissement propose d'organiser par ses propres moyens sont rejetées.

Un médecin de la préfecture, reçu par la commission au mois de mars 1942, annonce des restrictions supplémentaires. Sous couvert d'une diminution du nombre de malades, la préfecture exige l'accueil de malades venant d'autres hôpitaux et toujours celui de troupes allemandes.

Paul Claudel n'est plus que le témoin désolé d'un drame dont il est spectateur depuis trente ans. Drame qui ne l'a pourtant pas fait changer d'avis pour sa sœur, n'ayant jamais sollicité le moindre changement.

La médecin-cheffe entretient une relation particulière avec Camille qui ne rejoint plus la salle du rez-de-chaussée. Ce 8 décembre 1942, elle est allongée sur cette paillasse qu'elle ne quitte presque plus. L'infirmière lui annonce la visite de la doctoresse.

— Bonjour Mademoiselle Claudel, avez-vous passé une bonne nuit ?

— J'ai froid, j'ai faim, je…

— Nous sommes le 8 décembre, je me suis permis, même par ces temps difficiles, de venir vous souhaiter un joyeux anniversaire.

Elle lui tend trois petites fleurs enserrées de lierre. Camille, toute émue, reste mutique. La doctoresse comprend que ce silence qui la remercie est un hurlement de détresse.

Elle a écrit à son frère, lui suggérant la douce idée de sortir sa sœur de cette déchéance en lui demandant de l'aider à trouver une solution pour une fin de vie plus sereine. Elle a dénoncé les conditions terribles dans lesquelles les malades se trouvent. Elle a interpellé les services de la préfecture, soutenant les demandes faites par la direction et ses collègues médecins, pour sortir de cette situation inhumaine.

Elle poursuit ses notes adressées à Paul Claudel. Il reçoit au printemps de l'année 1943 une nouvelle alerte médicale.

« Le 10 mai 1943. Monsieur, l'état de votre malade est très médiocre. Elle s'affaiblit progressivement. Au point de vue intellectuel, elle est affaiblie également : perte de mémoire, gâtisme. Son état est sérieux et, étant donné son âge avancé, le pronostic est réservé, une complication cardiaque étant à redouter. »

La docteresse n'est pas la seule à écrire à Paul, à l'alarmer. Au mois d'août, il reçoit une lettre de son amie Nelly Méquillet, belle-mère de sa fille Marie.

« Je suis allée rendre visite à Camille qui est dans un état pitoyable. Elle est au bout de sa vie, comme le sont des dizaines de malades dans tous les quartiers de l'hôpital. Elle reste aimable, gracieuse, et sa doctoresse et ses infirmières lui sont très attachées... Quand je lui ai dit venir de votre part, elle m'a pris les deux mains, me remerciant avec une effusion touchante, vous êtes la seule notion vivante qui lui reste de son passé... J'ai été heureuse de voir ce visage si reconnaissant, si épanoui pour une petite visite. »

Devant cette insistance conjuguée de son amie et de la médecin-cheffe, Paul fait le déplacement en automobile le 21 septembre 1943.

Ce ne sera qu'après un début de matinée autour du prieuré de Villeneuve-lès-Avignon, lieu d'hébergement protégé, que Paul Claudel se rend à 10 heures à Montdevergues. Comme pour toutes les visites précédentes, il rencontre le directeur avant de se rendre à la 10e section.

Camille le reconnaît bien sûr. Elle veut le toucher, l'embrasser.

— Mon petit Paul, mon petit Paul !

Paul entend l'infirmière à ses côtés.

— Elle est en enfance.

Il repart dans l'après-midi, sans déjeuner, comme en miroir aux restrictions imposées à l'hôpital où l'alimentation est toujours le problème majeur dans tous les quartiers. Sauf, bien sûr, dans ceux qui sont occupés par les troupes allemandes. Là-bas, on les entend chanter dans un confort indécent.

Paul écrit un dernier compte-rendu de visite empreint de tristesse et de culpabilité.

« J'ai effectué le voyage en auto à Avignon pour voir ma sœur Camille. Le directeur me dit que ses fous meurent littéralement de faim : huit cents sur deux mille ! La doctoresse sage et frêle me regarde, désolée. J'ai vu Camille dans son lit ! Une femme de 80 ans et qui en paraît bien davantage ! L'extrême décrépitude,

moi qui l'ai connue enfant et jeune fille dans l'éclat de la beauté et du génie ! Elle me reconnait, profondément touchée de me voir et répète sans cesse toujours la même prière. Sur cette grande figure où le front est resté superbe, génial, on voit une expression d'innocence et de bonheur. Elle est très affectueuse. Tout le monde l'aime, me dit-on.

Amer, amer regret de t'avoir ainsi longtemps abandonnée.

Dans son dernier voyage, j'ai été frappé de ce large visage, de cet énorme front dégagé et sculpté par l'âge. Avons-nous fait, les parents et moi tout ce que nous pouvions ? Quel malheur que mon éloignement continuel de Paris. »

Il ne reverra plus jamais Camille.

Je suis cet homme que la nature attend.

Écoutez ce baiser qui annonce mon retour.

Dans la jouissance de ce que je ne désire pas,

entends la nuit

qui t'accueille

dans ses ténèbres de lumière.

Immensité de la foi qui ouvre mon destin,

regarde la prière qui coule

dans l'éclair de ma puissance.

Écoute cette foule hurlante dans le silence de

ma vie et ces cris dans la clarté éteinte

de la tienne.

Tu dois partir dans ce monde halluciné

qui est devenu le tien.

André C.

1943 • 392
AMER,
AMER REGRET
DE T'AVOIR AINSI
LONGTEMPS
ABANDONNÉE

Illustration : © Carine Mériaux, 2022.
Texte : Paul Claudel, *Journal*.

Elle est morte, morte, morte !
Elle est morte, mon Père, et je ne la verrai plus !
Elle est morte et jamais elle ne sera à moi !
Elle est morte et c'est moi qui l'ai tuée !
Paul Claudel, *Le Soulier de satin*

XX

Camille Claudel meurt le 19 octobre 1943 dans cet éloignement continuel, abandonnée par sa famille pendant les trente dernières années de la troisième et dernière étape de sa vie. Abandonnée à la mort dans ces années d'extermination.

Il est 14h15.

Elle est allongée sur sa paillasse. Enfin apaisée, délivrée de toute sa souffrance, elle rejoint la longue liste des victimes du régime de Vichy qui sème la mort des inutiles et des nuisibles entassés dans les dortoirs de Montdevergues.

229 morts en 1940.
418 morts en 1941.
498 morts en 1942.
436 morts en 1943.
299 morts en 1944.
117 morts en 1945.

Elle est la 392e victime de cette année 1943.

Ces années de guerre dans l'hôpital auront été d'une extrême violence. Camille est la 1547e victime depuis 1940 et le total sélève à 1997 morts à la fin de l'année 1945.

Le personnel prend les dispositions nécessaires pour que l'inhumation ait lieu rapidement vu le nombre de décès qui s'accumulent en cette fin d'année 1943.

Paul Claudel a bien noté que, lors de cette dernière visite, Camille l'avait reconnu. *« Mon petit Paul, Mon petit Paul… m'a-t-elle chuchoté à l'oreille. »* Mais l'aveu de l'amer regret de l'avoir abandonnée qu'il confesse dans son journal ne sera pas suivi d'effet.

L'inhumation de Camille Claudel a lieu le 21 octobre 1943 dans une tombe provisoire du cimetière de Montfavet. La croix fixée sur son cerceuil porte le numéro 1943-392. Dans l'indifférence totale de sa famille qui a versé une contribution financière au curé de l'hôpital pour commander des prières, le cercueil rejoint la fosse commune huit jours plus tard.

Paul ne reviendra plus jamais à Montfavet.

Il a obligatoirement en tête cette horreur dans laquelle Camille et tous les malades se trouvent. Mais imagine-t-il vraiment cette réalité de la vie de sa sœur durant ces dernières années ? Est-il conscient de l'horreur vécue par Camille et les autres malades ? Réalise-t-il les conséquences de ces stratégies de rationnement alimentaire et de suppression de soins ? N'aurait-il pas pu comprendre et analyser que toutes ces décisions étaient portées par une volonté destructrice comme cela a été le cas en Allemagne et en Autriche ? Pourtant, il connait la théorie de la race supérieure et les écrits d'Alexis Carrel sur l'eugénisme. N'aurait-il pas cru possible qu'ils soient mis en œuvre ?

Les pseudo-données scientifiques, issues des théories sur la pureté et l'exclusivité de la race aryenne, permettent la construction des lieux d'extermination ainsi que leur organisation minutieuse. En France, la Fondation Alexis Carrel continue son travail de recherche appliquée. Dans les départements français, la chasse aux juifs s'organise. Dès 1940 la situation des hôpitaux psychiatriques est connue. Mais aucune protection ni assistance pour les malades ne sont mises en place, bien au contraire. Le chiffre de quarante mille malades mentaux morts en cinq ans suffit à mesurer l'ampleur de l'hécatombe.

Si une telle horreur a pu avoir lieu, c'est bien que les ordres venant du gouvernement de Vichy étaient relayés et exécutés notamment par les préfectures. Le préfet du Vaucluse, présent ou représenté dans la commission de surveillance de l'hôpital, a eu la responsabilité d'appliquer les lois et décrets, certes, mais aussi celle de ne pas répondre aux appels de désespoir lancés à maintes reprises par la direction et le corps médical pour mettre fin aux drastiques restrictions alimentaires subies par les malades.

La doctoresse Francès est consciente de cet état de fait et c'est la raison qui la pousse à écrire de manière personnelle au préfet. Une façon déterminée de résister dans ce moment d'effondrement. Elle a toujours en mémoire son action à Dury-lès-Amiens et prend une part active dans ce mouvement de non-résignation en accueillant, dans sa propre maison, des enfants juifs qu'elle protége d'une possible déportation. Elle tente de modifier l'ordre des décisions préfectorales et est, sans nul doute, repérée pour son insistance. Elle continue de prendre soin de noter tous ces évènements qui font son quotidien. Elle en fait part tant au directeur qu'à ses collègues.

Elle est là ce 19 octobre 1943 quand Camille Claudel ferme les yeux. Elle est envahie tout autant de tristesse que de colère contre ceux qui refusent de prendre les décisions qu'une simple humanité impose.

Elle projette de poursuivre avec détermination son combat professionnel, social et humaniste pour apporter apaisement, confiance et résistance. Elle refuse de s'accoutumer à cette hécatombe.

La guerre enfin terminée, la vie hospitalière se replace sur des chemins plus conformes. la médecin-cheffe est portée par des projets de transformation tirant les leçons des pages terribles qui viennent de se tourner. Elle se construit un avenir plein d'espoir et d'ambition.

Mais le 13 février 1946, venant de la maison de santé chirurgicale des Sources située à Avignon, une note est adressée au directeur de l'hôpital. Cette note l'informe de l'hospitalisation de la médecin Marie Francès pour un syndrome abdominal grave qui a nécessité une opération en urgence. Dans la nuit du 15 au 16 février, elle décède. Elle avait fêté ses 42 ans quelques semaines en arrière. La commission de surveillance est informée par le directeur en date du 19 février. Il évoque la conduite exemplaire et admirable de cette femme pendant la guerre et son courage sous les bombardements à Dury-lès-Amiens. Il note combien elle a fait preuve, dès son arrivée à Montdevergues, de zèle, de courage et de dévouement, mettant son intelligence au service de toutes et tous et s'attirant rapidement la sympathie du personnel grâce à son esprit compréhensif.

Le président de la commission de surveillance, lors des obsèques, prononce une allocution tout autant empreinte de tristesse que d'éloges. Les mots sont puissants et traversent l'esprit avec l'image d'une personne engagée, juste et pétrie de bonté. Il parle de l'exemple qu'elle fut, portée d'une énergie qui lui valut tous les honneurs et un respect profond pour son engagement au sein de l'hôpital. La presse locale va de même mettre en avant l'ampleur de cette courte vie au service des autres.

Le théâtre de la liberté

Je t'implore dans cet âge au pied du mur,
Je ne suis qu'une vieille femme
et le regard fermé.

Mes yeux voient cette aurore qui valse,
Comme une pensée de jeune fille.

Ils m'offrent une gerbe, elle me parle enfin,
La danse envahit l'atelier qui renaît.

André C.

Tout le monde n'est pas fait pour être heureux.
Paul Claudel, *L'Otage*

XXI

La première représentation théâtrale du *Soulier de satin*, mise en scène par Jean-Louis Barrault, a eu lieu le 27 novembre 1943.

Paul Claudel est désormais reconnu pour ses œuvres dramatiques, dans lesquelles s'entremêlent désir et interdit, adultère et fidélité, croyance et matérialisme, tout autant de questionnements qui ont traversé la vie de Camille.

Quelques années plus tard, l'ampleur des œuvres de Paul Claudel amène son lot de questions quant aux racines de ses écrits et à leurs rapports à sa propre histoire.

Les journalistes s'emparent d'un nouveau mode d'émissions radiophoniques que sont les interviews pour préparer celles de monsieur Paul Claudel. En 1951, sous la responsabilité d'une voie connue de la Radio Nationale Française, celle de Jean Amrouche, un collectif de critiques littéraires est invité à donner son point de vue et à trouver le bon angle d'attaque de l'œuvre gigantesque.

Un premier intervenant donne son avis.

— Les chemins de la vie de Paul Claudel sont tracés dans des territoires peu communs. Il faut reconnaitre que sa vie et ses responsabilités diplomatiques lui ont offert une voie de prestance qu'il a su mettre à profit pour porter ses engagements sociétaux et artistiques.

Un deuxième enchérit.

— Je pense que cette recherche permanente de mise en lumière est confrontée à certaines ambiguïtés, voire contradictions.

— Oui par exemple sa relation extra-conjugale avec un des amours de sa vie, Rosalie Vetch, avec laquelle il a eu une fille, Louise, qui ne s'appellera jamais Claudel mais avec laquelle il sera d'une extrême bienveillance.

Son collègue confirme.

— Ce qui n'est pas sans nous renvoyer à la charge transgénérationnelle qui pèse sur l'histoire de cette famille et à la place de sa sœur au croisement des lignées généalogiques qui ont marqué le destin familial.

En effet, ses créations théâtrales ne sont pas sans évoquer des similitudes avec ses rapports familiaux, sociaux, amoureux, officiels et non officiels. L'interdit y prend une place prépondérante et jalonne tout autant la vie de Camille que celle de Paul. Une interrogation se fait jour en filigrane sur les rapports entre Paul Claudel et sa sœur.

— Ne doit-on pas considérer que c'est sûrement aussi de Camille dont il est question dans d'autres écritures, qu'elles soient poétiques ou théâtrales ?

Ainsi la décision est prise. Les échanges entre les différents critiques ont permis de considérer que dans le questionnement sur son travail théâtral, la relation de Paul à sa sœur doit être évoquée. Une nouvelle porte doit s'ouvrir pour lui redonner un espace de liberté. Paul Claudel détient une des clés qui ouvre cette porte constituée de son vécu, de l'abandon de sa sœur et l'écriture gigantesque de son œuvre dramatique. De même, la légende chinoise qui porte les étoiles du *Soulier de satin*, ne se rapproche-t-elle pas de sa relation interdite avec madame Vetch ? Cette relation déjà avouée dans la présentation du *Partage de midi.*

Un des membres du groupe de travail résume.

— Je pense que toute l'originalité de son œuvre a pris naissance et s'est fondée sur la relation qu'il a construite avec beaucoup de femmes et, notamment, la relation à la liberté source de droits et de créativité. Reste la manière dont cette question sera amenée dans l'interview à venir.

Ces *Entretiens* radiophoniques seront donc menés par leur créateur, le journaliste et écrivain Jean Amrouche.

Quarante-deux entretiens, dans lesquels Camille ne sera le sujet que d'un seul d'entre eux. À cinq reprises, le journaliste questionne son invité sur sa sœur. Il faut attendre le dernier entretien[28] pour qu'enfin Paul Claudel réponde et livre des propos paraissant être ceux que tiennent certains de ses personnages théâtraux, ces personnages qui trouvent de l'apaisement dans la mort de membres de leurs familles.

Le journaliste questionne Paul sur la vocation de l'artiste.

— Vous m'avez dit, à propos de la vocation de l'artiste, que vous étiez frappé de terreur quand vous voyiez chez un enfant les premiers signes de la vocation artistique. C'était à propos de votre sœur Camille que vous me le disiez et je voudrais bien que vous m'en disiez davantage.

— De ma sœur Camille ! Ah, c'est un sujet terriblement triste et dont il m'est difficile de parler, précisément à cause de cette blessure qu'offre le spectacle de cette personnalité magnifique et de l'échec qui a flétri son existence. La nature s'était montrée prodigue à son égard ; ma sœur Camille avait une beauté extraordinaire, de plus une énergie, une imagination, une volonté tout à fait exceptionnelles. Et tous ces

[28] Ce quarante-deuxième entretien est retrasncrit dans l'ouvrage de Reine-Marie Paris et Philippe Cressent, *Camille Claudel, Lettres et correspondants.*

dons superbes n'ont servi à rien : après une vie extrêmement douloureuse, elle a abouti à un échec complet. C'est justement une vocation un peu différente de la mienne : moi, j'ai abouti à un résultat, elle, n'a abouti à rien. Tous ces dons merveilleux que la nature lui avait répartis n'ont servi qu'à faire son malheur et finalement, elle a abouti dans un asile psychiatrique, où elle a terminé, dans les ténèbres, les trente dernières années de son existence. Il est assez naturel que, devant ce spectacle, j'éprouve une véritable horreur à la pensée que cette vocation pourrait se renouveler chez un des enfants qui me sont les plus chers ; la vocation artistique m'impose une véritable terreur à ce point de vue-là.

Le journaliste paraît surpris d'une telle réponse. Il essaie de permettre à Paul Claudel de se ressaisir et l'interroge à nouveau à propos de la vocation. La réponse sera aussi terrible et portée par ce dédain de la création artistique qui lui valut les foudres d'Aragon et d'Éluard, entre autres.

— Est-ce seulement le souvenir de votre sœur Camille dont nous comprenons qu'il vous soit particulièrement douloureux, encore qu'il me semble que vous exagérez son échec, car elle laisse une œuvre très belle, très significative et je dirais, particulièrement exemplaire par son échec même, c'est-à-dire par son inachèvement. Est-ce simplement à cause du souvenir de votre sœur Camille, ou bien est-ce pour des raisons plus générales, plus constantes, que vous redoutez la vocation artistique chez ceux que vous aimez ?

Paul Claudel ne se départit pas du chemin qu'il a décidé d'emprunter.

— La vocation artistique est une vocation excessivement dangereuse et à laquelle très peu de gens sont capables de résister. L'art s'adresse à des facultés de l'esprit particulièrement périlleuses, à l'imagination et à la sensibilité, qui peuvent facilement arriver à détraquer l'équilibre et à entraîner une vie peu d'aplomb. Ah… Je ne peux pas dire que la vie d'un artiste où la vocation artistique soit heureuse au point de vue de la vie d'un être humain. Je crois que c'est une chose exceptionnelle que, vraiment, on ne peut souhaiter à personne. C'est une vocation en marge, c'est une vocation qui n'a rien de désirable. Je vous le dis avec d'autres exemples devant mes yeux, d'exemples proches de moi, autres que celui de ma sœur. Il est bien rare que la vocation artistique soit une bénédiction.

Jamais la mer ne m'engloutira,

Aucune vague ne peut détruire ce **m o u v e m e n t**
qui nous parle.

Et au pardon qui s'impose,
Je cherche l'annonce du jour des étoiles.

Dans cet espace du règne des grands,
ma **fortune** est faite.
Les salles du château de l'homme écorché,
Résonnent des cris
d'**humanité**.

André C.

Viens ! Sois libre !
Que dirais-tu quand tu entendrais
souffler le vent d'hiver sous la porte ?
Paul Claudel, *Tête d'Or*

XXII

Depuis plusieurs années, la Fédération des ateliers de création artistique du centre hospitalier de Montfavet œuvre pour un travail de coordination, de mise en commun et de partage des productions. Chaque atelier est engagé dans cette démarche de soin, faisant partie d'un projet central. Peintures, sculptures, écriture, théâtre, photographies, costumes et décors sont en commande de la part du médecin, responsable du projet. La préparation d'une grande exposition a demandé un engagement permanent autour de la liberté.

Le jour du vernissage a été fixé. Tous les ateliers ont disposé leur travail qui a demandé plusieurs semaines.

S'installer dans le palais des Papes est une aventure totale, portée par les énergies que diffuse la créativité au service de la liberté.

Camille Claudel s'apprête à quitter l'atelier de création artistique Marie Laurencin. Deux membres de l'équipe l'aident et lui donnent confiance et apaisement pour affronter l'évènement.

Une petite troupe joyeuse sort de l'atelier. Elle se dirige vers l'entrée de l'hôpital. Camille est étonnée par le circuit qui lui est proposé. Cette voie qu'elle emprunte n'est pas celle sur laquelle la voiture hippomobile avait déambulé. Cet espace qui s'ouvre à elle est inconnu. Il a été pendant très longtemps entouré de murs si hauts. Elle cherche l'allée qui était bordée par les deux maisons du directeur et du médecin-chef. Cette allée s'ouvrait à partir du portail d'entrée. Le portail a disparu, les maisons et leurs parcs sont toujours là. Un groupe venant des autres ateliers les rejoint. C'est un groupe fier et joyeux qui mesure l'importance du moment.

Elle retrouve ses marques. Sur leur gauche, le grand bâtiment qui accueillait mademoiselle Claudel, la 10e section des femmes. Là, elle reconnait à l'étage la fenêtre de son dortoir. Elle revoit furtivement le petit banc où elle arrivait à s'installer dans une tranquillité toute relative. Camille ralentit le pas. Sur sa droite maintenant, elle regarde la statue de bronze qui a été déposée au milieu d'un petit bassin au cours du mois de juillet. Elle n'était pas présente dans le moment incertain de l'inauguration. Elle a été informée de l'évènement et elle a son idée sur cette œuvre, dont le moule a été retrouvé en Italie et que certains attribuent à Rodin. Là aussi, un nouveau sourire indique qu'elle a un avis bien défini sur cette question. L'œuvre a pour nom *Le Triomphe de l'amour*.

Le groupe aperçoit à quelques dizaines de mètres deux bus dans lesquels tout le monde va prendre place. Les véhicules sont entourés de plusieurs personnes dont le médecin psychiatre, coordinateur de la Fédération des ateliers de création artistique de l'hôpital, les équipes de soins et les membres de la direction.

Camille Claudel est très émue. Elle va inaugurer l'exposition qui rend hommage à son travail d'artiste, engagé depuis ces dernières années. Elle va être entourée de toutes celles et tous ceux qui l'accompagnent dans l'atelier : les artistes créatrices et créateurs comme elle, les artistes intervenants,les soignants et les soignantes de l'atelier.

Depuis son internement, c'est la première fois, que Camille sort de l'hôpital. Elle regarde cet extérieur qu'elle avait vu pour la première fois il y a si longtemps, lors de son transfert. C'est un trajet dans l'autre sens. Elle se souvient de ces mots si attentionnés de la médecin-cheffe. L'exposition va avoir lieu dans plusieurs salles du palais des Papes. Tous les ateliers ont mis leur travail au service de ce grand moment, dans ce lieu gigantesque à l'image de la grandeur de l'artiste mise à l'honneur. La salle des sculptures de Camille Claudel est prête pour cet hommage et cette reconnaissance. L'œuvre qui accueille le public à l'entrée de la salle, se nomme *Le Cri de la liberté*. Elle a travaillé sur cette sculpture pendant plus de trente ans.

Le cri résonne. Camille entre. Elle est saluée par tout ce monde qui s'empresse autour d'elle.

— Vous ne m'avez pas oubliée.

Elle tend ses mains pour que toutes les accompagnantes et accompagnants l'entourent et soient associés à cet hommage. Elle n'est pas vieille. Elle porte son regard sur cette foule bienveillante et sourit à la vue des visages connus qui l'inondent enfin de reconnaissance.

— Je savais que vous ne m'aviez pas abandonnée.

Dans ce silence qui s'impose pour illuminer le
cri d'une vieille femme
Jamais n'a disparu mon amour.

Je ne suis plus l'aveugle abandonnée.

Les bras croisés sur ma lettre d'espoir
Cette valse qui m'emporte.

Dans tes yeux de poussière ces étoiles noires,
Brûlent le port de ton voyage
Le bateau sans voile obstrue le ciel,
vole dans l'espace qui t'est interdit.

S'éloigne l'espoir du retour dans la cité neuve.
Un génie qui porte la violence d'une paisible
r u p t u r e .

André C.

Mon âme n'a point tolérance de la mort !
Paul Claudel, *Magnificat*

Épilogue

— Madame Claudel, nous ne vous avons pas abandonnée et surtout nous ne vous avons pas oubliée. Nous ajoutons aujourd'hui une nouvelle pierre pour construire l'édifice d'une reconnaissance pour l'éternité.

Le médecin-chef a préparé un discours qu'il va lire avec émotion et attention.

— Notre Fédération, dans laquelle est engagé l'atelier de peinture et de sculpture, est une structure de soin dans un lieu qui depuis près de cent quatre-vingts ans aux abords de Montfavet, a façonné et continue à façonner des relations professionnelles, sociales, économiques, culturelles et politiques dans notre XXIe siècle.

Peu de lieux d'activité humaine au service des autres poursuivent les mêmes missions depuis leur création.

Ce lieu est un témoin indéniable de l'évolution de la pensée humaine et scientifique à propos de la maladie mentale et de sa prise en charge dans des pratiques fondées sur plusieurs savoirs. Ces derniers ont dirigé, accompagné, orienté la recherche et la réflexion pour pouvoir se révéler dans un monde si complexe. Un lieu qui a également fasciné bien des populations de tout le département et des départements limitrophes, entretenu des mythes, des références sociales voire des expressions populaires qui ont encore cours. Depuis cent quatre-vingts ans, un mouvement est en route. Ce mouvement nous donne des repères sur l'évolution de notre société. Devant vous, Mesdames et Messieurs, Camille Claudel, artiste de génie mais aussi témoin qui vous invite à un voyage dont la particularité est de se dérouler dans le décor historique du théâtre dans lequel elle évolua il y a plus de cent ans ! Son travail nous parle des pavillons où elle a été internée, des cours où elle s'est isolée, des bâtiments, de la ferme, des canaux d'irrigations, des maisons des directeurs et médecins, de la balnéothérapie, de l'immense chapelle, des parloirs qui la bordent et bien d'autres lieux encore qui sont toujours là sur leurs bases architecturales historiques. Eux aussi sont les témoins de ce destin qui aurait pu, aurait dû, se terminer dans un autre espace que celui où elle a été exclue et abandonnée durant ces trente ans. Il est important enfin de vous rappeler que ce lieu de votre enfermement, Madame Claudel, est toujours à l'image de choix politiques, idéologiques et stratégiques pour répondre aux besoins de la santé mentale. Dans ce lieu apparaissent des faits qui ont traversé, interrogé, animé la vie et l'histoire de notre département avec des répercussions nationales et bien au-delà. Votre vie de génie, Madame Claudel, à l'honneur aujourd'hui en ce lieu grandiose, est une des pages de notre histoire. Dans ces pages, nous lisons ces appels pour sortir de l'abandon, de votre souffrance, mais aussi des conditions de votre enfermement. Ce parcours qui a été le vôtre est jalonné en totalité par les grandes questions qui ont traversé la première moitié du XXe siècle : la folie, l'enfermement, la contrainte asilaire nommée séquestration, les non-droits des aliénés, l'évolution des connaissances, la liberté et le droit des femmes, leurs droits sociaux, artistiques et l'émancipation citoyenne. Comment redonner de la dignité à la femme-artiste que vous êtes, bafouée par les concepts d'une société vouée à la seule volonté des hommes ? Madame Claudel, vous êtes avec nous aujourd'hui, vous avez été l'objet de beaucoup de travaux qui ont ouvert la voie à cette exigence de reconnaissance. Mais cette vie réelle qui a été la vôtre, a-t-elle été suffisamment exprimée ? Cette exposition veut enrichir les étapes de ce chemin hors norme que vous avez dû emprunter. Elle ne s'oppose pas aux parcours qui, encore aujourd'hui nous emportent dans des espaces d'une très grande humanité et nous donnent à voir et respirer cet immense talent qui est le vôtre. Ce travail dans nos ateliers, nous l'avons placé dans les enjeux sociétaux du XXIe siècle. Un travail qui éclaire la totalité d'un destin à nul autre pareil, honoré dans un palais qui invite au sublime. Dans notre accompagnement, il a été question de procéder à une tentative de clarification sur la vraie fin de l'histoire et cela s'est imposé au fil des années et des rencontres. Vos souffrances, Madame Claudel, durant toutes ces dernières années, ont été celles qui apparaissent dans les combats féministes, libérateurs et créateurs afin de sortir de l'emprise des juges dominateurs. Nous avons voulu vous aider, Madame Claudel, dans ce combat contre vents et marées, ce combat d'une femme dans la tempête de la liberté, le combat pour le droit à l'émancipation et tout cela dans ce lieu qualifié réglementairement de lieu de séquestration. Un combat dans lequel beaucoup, beaucoup trop d'énergies se sont déployées contre vous et ont fini par vous faire sombrer dans cet internement asilaire et l'abandon jusqu'à la mort. Ce n'est pas un rêve que de vous voir avec nous aujourd'hui. Ne manquons pas cette occasion de vous honorer dans votre souhait de création pour retrouver un équilibre de vie. Nos ateliers ont voulu vous aider à exprimer cet appel qui réclame votre liberté. Vous permettre de crier cette dignité retrouvée. Contribuer à faire exploser cette efflorescence qui libère de l'abandon pour vous ouvrir le chemin d'une reconnaissance éternelle.

Camille, si vous me permettez de vous appeler Camille, bienvenue dans notre mémoire collective pour effacer à tout jamais, Camille l'abandonnée.

Je n'ai jamais vu quelque chose de si magnifique !
On dirait que le ciel m'apparaît pour la première fois.
Oui, c'est une belle nuit pour moi que celle-ci où
je célèbre enfin mes fiançailles avec la liberté !
Paul Claudel, *Le Soulier de satin*.

Sources

Archives du centre hospitalier de Montfavet pour les comptes-rendus des conseils de surveillance, conseils d'administration, courriers, tracts, affiches.

Archives municipales d'Avignon pour des délibérations et autres documents concernant Avignon et Montfavet.

Archives départementales du Vaucluse pour les délibérations du conseil général, lettres de la préfecture, courriers divers et dossier Camille Claudel, contenant ses lettres et celles de sa famille.

Archives de l'EPSM de Ville-Évrard pour les procès-verbaux relatifs au transfèrement.

Bibliothèque nationale de France pour les procès-verbaux du conseil général du Vaucluse, les rapports des directeurs et les rapports des médecins-chefs.

Bibliographie

Articles

BELFORT Chantal, « Étude du cas Camille Claudel : de la structuration psychotique de Camille Claudel, sa "folie" », in *Cercle En-Passe analytique-L'École*, 2011.

BOCCI-CRECHIOU Valérie, « Les figures du traumatisme dans l'œuvre de Camille Claudel », in *Cahiers de psychologie clinique*, vol.1, n°23, 2004, pp. 131-146.

DRAVET Danièle, « Dans la fratrie de Paul et Camille Claudel, le clivage en héritage », in *Le Divan familial*, vol. 1, n°10, 2003, pp. 91-105.

DREYFUS-ARMAND Geneviève, « Guerre d'Espagne : les débats chez les intellectuels français », in *Bulletin Hispanique*, n° 118, vol. 1, 2016.

LEWENDEL Isaac, « Le "Petit Papon" d'Avignon : un fonctionnaire de Vichy parmi tant d'autres », in *Vichy, la pègre et les nazis. La traque des Juifs en Provence*, Paris : Nouveau monde éditions, 2013.

MACIA Frédéric, *Le transfert des aliénés parisiens par convois collectifs en train vers les asiles départementaux de 1868 à 1900*, Thèse Master 2 Histoire.

Mourlevat Thérèse, « Une étrange rencontre à Vézelay en 1940 : Marie Romain Rolland avec les "amies" de Paul Claudel », in *Études Romain Rolland, Cahiers de Brèves* n° 36, décembre 2015.

Pandelon René, « Folles et artistes », Intervention colloque, 2013.

Ouvrages

Ajzemberg Armand, Castelli André, *L'abandon à la mort…de 76 000 fous par le régime de Vichy suivi de Un hôpital psychiatrique sous Vichy (1940-1945)*, Paris : L'Harmattan, 2012.

Barbier Jocelyne, K1000, *Camomille, Melle Say. L'enfermement de Camille Claudel à Montdevergues*, Velleron : Éditions des Amis du vieux Velleron, 2015.

Brunel Pierre dir., *Paul Claudel*, Paris : Éditions de L'Herne, 1997.

Castelli André, *Montdevergues les Roses, terre d'asile*, Montfavet : Comité des œuvres sociales du personnel du centre hospitalier spécialisé de Montfavet, 1990.

Carrel Alexis, *L'Homme, cet inconnu*, Paris : Plon, 1936.

Carrel Alexis, *La Prière*, Paris : Plon, 1944.

Carrel Alexis, *Réflexions sur la conduite de la vie*, Paris : Plon, 1950.

Cassar Jacques, *Dossier Camille Claudel*, Paris : Éditions Klincksieck, 2011.

Claudel Camille, Rivière Anne, Gaudichon Bruno, *Correspondance*, Paris : Gallimard, 2008.

CLAUDEL Paul, *Le Soulier de satin*, Paris : Folio, 2000.

CLAUDEL Paul, *Partage de midi*, Paris : Folio, 1972.

CLAUDEL Paul, *L'Annonce faite à Marie*, Paris : Folio, 1972.

CLAUDEL Paul, *Jeanne d'Arc au bûcher*, Paris : Gallimard, 1939.

CLAUDEL Paul, *Tête d'or*, Paris : Folio, 2005.

CLAUDEL Paul, *L'Otage*, Paris : Gallimard, 1911.

CLAUDEL Paul, *Le Livre de Christophe Colomb*, Paris : Gallimard, 2005.

CLAUDEL Paul, *Poésies*, Paris : Gallimard, 1970.

CLAUDEL Paul, Journal : 1904-1932, tome 1, Paris : Gallimard, 1968.

CLAUDEL Paul, Journal : 1933-1955, tome 2, Paris : Gallimard, 1969.

CHRISTIEN Yves dir., *Alexis Carrel, l'ouverture de l'Homme*, Paris : Éditions du Félin, 1986.

DELBÉE Anne, *Une Femme*, Paris : Fayard, 1984.

DEVEAUX Michel, *Camille Claudel à Montdevergues. Histoire d'un internement*, Paris : L'Harmattan, 2012.

FABRE-PELLERIN Brigitte, *Camille Claudel. Le tourment de l'absence*, s.l. : Elema éditions, 2006.

GAILLARD Thierry, *Le Transgénérationnel dans la vie des célébrités*, s.l. : Lulu édition, 2015.

GÉRALD Antoine, *Paul Claudel ou l'enfer du génie*, Paris : Robert Laffont, 1988.

JIMÉNEZ Burillo Pablo, RIVIÈRE Anne, GAUDICHON Bruno, et al., *Camille Claudel 1864-1943*, Paris : Gallimard, 2008.

LAFONT Max, *L'Extermination douce. La cause des fous, 40.000 malades mentaux morts de faim dans les hôpitaux sous Vichy*, Lormont : Le Bord de l'eau éditions, 2000.

LEWENDEL Isaac, WEISZ Ber nar d, *Vichy, la pègre et les Nazis*, Paris : Nouveau monde éditions, 2013.

MIRBEAU Octave, VIBERT Paul, MORHARDT Mathias et al., *Ils ont parlé de Camille Claudel. Série d'articles écrits sur Camille Claudel au XIXe siècle et au début du XXe*, s.l. : Sinope Éditions, 2022.

MOREL Jean-Paul, *Camille Claudel, une mise au tombeau*, Bruxelles : Les Impressions nouvelles, 2009.

OLIÉ Jean-Pierre, SPADONE Christian, *Les nouveaux visages de la folie*, Paris : Odile Jacob, 1999.

PARIS Reine-Marie, CRESSENT Philippe, *Camille Claudel, Lettres et correspondants*, Paris : Éditions Économica, 2015.

PARIS Reine-Marie, *Chère Camille Claudel. Histoire d'une collection*, Paris : Éditions Économica, 2000.

PARIS Reine-Marie, *Camille Claudel : 1864-1943*, Paris : Gallimard, 1984.

PINET Hélène, PARIS Reine-Marie, *Camille Claudel, le génie est comme un miroir*, Paris : Gallimard, 2010.

Rivière Anne, Gaudichon Bruno, *Camille Claudel, correspondance*, Paris : Gallimard, 2008.

Rosambert Tissier Mireille, *Camille Claudel. Femme-sculpteur, de la grâce à l'exil*, Paris : L'Harmattan, 2021.

Catalogues

Les femmes artistes modernes, exposition de peintures, sculptures, arts décoratifs, du 24 mai au 10 juin 1934, La maison de France, 1934.

Paris Reine-Marie, Cressent Philippe, *Camille Claudel, intégrale des œuvres*, Paris : Éditions Économica, 2014.

Rivière Anne, Gaudichon Bruno, Ghanassia Danielle, *Camille Claudel. Catalogue raisonné*, Paris : Adam Biro, 2000.

Remerciements

Gouache sensible d'images
Chant muet de couleurs
Les cris de ton art
Dans ce silence d'une vie
Des étoiles d'espoir
Merci à Carine Mériaux pour ses œuvres inspirées.

Les voiles d'erreurs
Sur les vagues en chapitres
La justesse des mots
Dans un port sans fautes
Une belle équipe nous a guidés
Merci aux relecteurs et relectrices,
Marie-Christine Chabot-Martin, Jacky Giornal, Isa
Guérin, Delphine Jordan,
Brigitte Leytier et Christine Zago.

Gardiens des mots
De l'ordre dans la tempête
Sur les berges de cet océan
Le phare de nos espérances
Capitaines d'éternité
Merci aux correcteurs,
Jacques François et Michel Touchard.

L'oiseau de nuit a poussé son cri
Dans ce noir lumineux
La joie des retours
La conquête réussie
L'aventure est leur chemin
Merci à toutes les contributrices
et tous les contributeurs.

L'audace de la confiance
Maîtresses de la maison
Reliées pour la liberté
Une œuvre mise à nu
Leur force à l'ouvrage
Livre des mots
Merci aux deux éditrices
pour leur confiance engagée,
Anne Lise et Émilie

André Castelli

Imprimé chez Quadrifolio
543, route de l'Isle-sur-la-Sorgue
84 250 Le Thor
www.quadrifolio.net

Composition Nü maison d'édition
Dépôt légal, octobre 2023